中國傳統 經典與解釋
Classici et commentarii

經典與解釋

中國傳統 經典與解釋

　　入其國，其教可知也……其爲人也：溫柔敦厚而不愚，則深於《詩》者也；疏通知遠而不誣，則深於《書》者也；廣博易良而不奢，則深於《樂》者也；絜靜精微而不賊，則深於《易》者也；恭儉莊敬而不煩，則深於《禮》者也；屬辭比事而不亂，則深於《春秋》者也。

　　　　　　——《禮記·經解》

中國傳統 經典與解釋
Classici et commentarii

廖平集

劉小楓 潘林 ● 主編

詩說

廖平 ● 著　潘林 ● 校注

華東師範大學出版社

華東師範大學出版社六點分社　策劃

出版説明

廖平(1852-1932),四川井研縣人。初名登廷,字旭陔,後改名平,字季平。初號四益,繼改四譯,晚號六譯。早年受知張之洞,補縣學生,後中舉人、進士。歷任龍安府教授、松潘廳教授、射洪縣訓導、綏定府教授,並先後主講井研來鳳、成都尊經、嘉定九峰、資州藝風、安岳鳳山等書院。1898年參與創辦《蜀學報》,擔任總纂,宣傳維新思想。1911年任《鐵路月刊》主筆,鼓吹"破約保路"。四川軍政府成立,任樞密院院長。後任四川國學學校校長,兼任華西大學、成都高等師範學校教授。1932年去世,獲國葬待遇。

廖平早年受張之洞和王闓運等人影響,於乾嘉考據、宋學義理等無所不窺,後專心探求聖人微言大義,由此開始其漫長的經解事業。廖平一生學凡六變,著述逾百種,以經學爲主,兼及史學、小學、醫學、堪輿等,有《四益館經學叢書》、《六譯館叢書》等傳世。

廖平在經學史和近代思想史上的重要地位毋庸置疑,由於學界長期關注曾參與重大政治事變的大儒,加之廖平經學一向以"精微幽眇"著稱,其學術思想長期未得足夠重視。近年來,學界關於廖平及其學術思想的研究取得了一定的成果,也整理出版了廖平的系列著述,尤以2015年出版之舒大剛和楊世文主編的點校本《廖平全集》爲代表。然古籍僅點校爲止,故書仍然是"故書",

不便當今廣大讀者研習。我們的企望是，通過箋注使故書煥然而爲當今嚮學青年的活水資源。

本"集"整理廖平著述，以反映廖平的經學思想爲主，除收入廖平生前所編《六譯館叢書》中的主要文獻（不含醫書及輯錄的前人文獻）外，同時盡可能地收錄《叢書》之外的廖平文獻，定名爲"廖平集"，分册陸續出版。

鑒於《六譯館叢書》編目較爲雜亂，《廖平集》依經學體例和篇幅大小重組，同類著述一般以篇幅最大者具名，涵括相關短制。具體整理方式是：繁體橫排，施加現代標點，針對難解語詞、人物職官、典章制度、重要事件等作簡明注釋。

古典文明研究工作坊

中國典籍編注部丁組

二〇一七年二月

目　　録

校注前言 / 1

四益詩説 / 1
　　《詩緯》新解 / 3
　　《詩緯》搜遺 / 32
　　詩學質疑 / 38
　　孔子閒居 / 42
　　《大學》引《詩》爲天皇、引《書》爲人帝考 / 52
《詩經》天學質疑 / 55
《詩緯訓纂》序 / 59
《詩經異文補釋》跋 / 64
《詩經·國風》五帝分運考 / 70
《詩經》經釋 / 75
　　《詩經經釋》原目 / 77
　　《詩經》經釋 / 82
《楚辭》新解 / 121
　　叙 / 123
　　凡例 / 128

　　　　離騷 / 135

《楚詞》講義 / 153

　　第一課　卜居　漁父 / 155
　　第二課　大招　招魂 / 158
　　第三課　九歌 / 160
　　第四課
　　　　　　大言賦 / 163
　　　　　　小言賦 / 164
　　第五課　彭咸解 / 168
　　第六課　九章 / 171
　　第七課　離騷 / 173
　　第八課　釋《楚詞》真字 / 175
　　第九課
　　　　　　天問 / 178
　　　　　　題《天問》後 / 179
　　第十課　離騷 / 181

附錄　主要引用書目 / 184

校注前言

廖平《詩》學思想是其經學體系的重要組成部分。廖平認爲，"孔子自衛反魯，首正《雅》、《頌》，群經後起，總例在《詩》"①，又説"孔子作六經及教人，皆以《詩》爲首"②。《詩經》在孔經哲學中堪稱綱要，關乎聖人立教，爲此廖平於《詩》學研究，用力不菲。廖平一生，學凡六變："初由研求宋學而治漢學今、古文，一變；尊今文而抑古文，二變；大統小統，三變；分天人之學，四變；合天、人、大、小爲一，五變；天、地、人合一，六變。"③其中後四變的學術思想可以概括爲"大小説"、"天人學"，主要就是以《詩》、《易》二經（廖平認爲《詩》、《易》相通）爲核心進行探討。據統計，廖平一生的《詩》學文獻共計三十餘種，其中現存著作五部，分別是《今文詩古義疏證凡例》、《四益詩説》、《詩經經釋》、《楚辭新解》、《楚辭講義》；現存文章十二篇，分別是《不以文害辭》、《大雅民勞解》、《論詩序》、《續論詩序》、《山海經爲詩經舊傳攷》、《離騷釋例》、《高唐賦新釋》、《重刻日本影北宋鈔本毛詩殘本跋》、《詩經異文補釋序》、《詩經國風五帝分運考》、《詩經天學質疑》、《"詩云雨我公

---

① 廖平，《今文詩古義疏證凡例》，四川存古書局民國十年《六譯館叢書》本。
② 廖平，《尊經書院日課題目》，民國二十四年井研廖氏刻本。
③ 夏傳才，《二十世紀詩經學》，北京：學苑出版社，2005，頁46。

田,遂及我私。惟助爲有公田,由此觀之,雖周亦助也"義》。需要指出的是,楚辭是繼《詩經》之後的一種重要詩體,在很大程度上説是對《詩經》的繼承與發展,如東漢王逸就認爲,屈原"獨依《詩》人之義而作《離騷》","《離騷》之文,依《詩》取興"。廖平曾經指出,"編《楚辭》釋例多與《詩》例相同",又説"《楚辭》爲《詩》之支裔,專明《詩》説"。基於上述考慮,本書參照重慶圖書館藏《改正六譯館叢書目録》,將其所撰《楚辭新解》、《楚詞講義》、《離騷釋例》、《高唐賦新釋》一併歸入《詩》學文獻。

廖平現存最早的《詩》學文獻當爲光緒二年(1876)參加四川科考覆試所作《不以文害辭》①。"不以文害辭",是孟子重要的《詩》學主張,語出《孟子·萬章》:"故説詩者不以文害辭,不以辭害志。以意逆志,是爲得之。"②廖平在該文中大量引用《詩經》中的例句,結合音、形、義等進行考證,藉以闡明孟子《詩》論,其中可見廖平早期學術的漢學傾向。此後不久,今文經學大師王闓運"主講尊經書院,其道乃大行於吾蜀"。受其影響,廖平始"厭棄破碎,專事求微言大義",逐漸走上治今文經學的路嚮。按廖平的説法,六經中,《禮經》、《春秋》、《尚書》、《樂》、《詩》、《易》爲天學三經;六經有小大、暫久之分,所言疆域由小到大,所言時間由短到長,所言空間由六合之内到六合之外,③廖平治經也大致遵循這樣一個過程。④ 因此,廖平專治《詩經》,時間相對較晚。據廖宗澤《六譯先生年譜》卷三載,廖平專治《詩經》,始於光緒十七年辛卯(1891)。約在光緒十二年(1886)前後,廖平撰有《十八經注疏凡例》,又稱《群經凡例》,其後又屢經修訂,在光緒二十三年(1897)由成都尊經書局刊行。其中的《今文詩古義疏證凡例》,主張"以

---

① 全文載《經話甲乙編》,四川存古書局民國十年《六譯館叢書》本。
② 《孟子注疏·萬章章句上》,載《十三經注疏》,中華書局一九八〇年影印本。
③ 廖平,《知聖篇》,四川存古書局民國十年《六譯館叢書》本。
④ 崔海亮,《中西冲突背景下傳統經學的困境——以廖平的〈地球新義〉爲中心》,載《西華大學學報》(哲學社會科學版),2011(4),頁31。

《詩》本託興,專主素王,分三統",試圖通過以義例解《詩》,以復西京今文之學。此後廖平的《詩》學研究基本沿著由"三變"至"六變"治學路徑演進,研究視野不斷開拓,《詩》學主張不斷完善。如三變時期撰寫的《釋毬》、《大雅民勞篇解》、《山海經爲詩經舊傳攷》等《詩》學文獻,主要揭櫫大統之説,並由小九州而言及大九州;四變時期的《四益詩説》,以緯候起例,主要論及六合以外天真至人之學;到六變時期,《詩經經釋》以《内經》五運六氣説《詩》,進一步闡釋天人之學,試圖達到天人合發、學問大成的境界。當然,廖平的《詩》學乃至整個經學思想,雖遞嬗多變,但也非前後割裂,自相矛盾,當有其内在發展邏輯:一方面,高舉復古旗幟,追溯由後漢而復前漢、由前漢而復先周秦的學術軌跡,這恰好是清代二百多年來學術發展過程的縮影,與清代學術思想發展存在驚人的一致,①反映了廖平對學術本源的孜孜探求;另一方面,將《詩經》視爲未來垂法立教的藍圖,視野由中國而至全球,由六合以内而至六合以外,由近及遠,由小到大,"借古人以翻後人",反映了廖平試圖解決古今、中西之爭的主觀願望和"通經以致用"的基本精神。

總體而言,根據對廖平《詩》學文獻的爬梳考察,廖平的《詩》學具有如下幾個主要特點:

第一,尚微言大義。古代今文家素有闡發微言大義的傳統,但重在闡發所謂《春秋》大義,而廖平則認爲《詩》中別有微言大義②,因而極力加以闡明。從三變後期起,探討《詩》學逐漸成爲廖平治經的主流,不管是對今文《詩》的發凡起例,還是大統學以《詩》爲全球立法,抑或天學以《詩》爲預言神遊事、爲宇宙立法等等,其要務皆在復西京之舊,並進而入周秦之室,以知聖人之意,無

---

① 黄開國,《廖平評傳》,南昌:百花洲文藝出版社,2010,頁47。
② 何爲微言?何爲大義?古之學者歷來含混不清,廖平對此作了明確區分:"微言者,言孔子制作之宗旨,所謂素王制作諸説是也;大義者,群經之典章制度、倫常教化是也。"説見廖師慎編,《家學樹坊》附《致筠室主人書》,四川存古書局民國十年《六譯館叢書》本。

不體現廖平對《詩》微言大義的闡發。近代著名學者向楚在《廖平》一文中，歸納出廖平與門人說《詩》之旨有數義，如二伯、三統、四始、《詩》爲神遊、《詩》爲大同學術等，①由此可見，崇尚微言大義是廖平《詩》學的重要特點之一。

第二，重師說條例。師說，即先師之經說，源自孔聖，"多得本源實義"。條例，又稱義例、經例，即解經的體例、程式，通常也是師說的核心。廖平認爲諸經皆有師說義例，唯獨"《詩》師說亡佚殆盡"，"後世說《詩》如古詩選本，望文生訓，全無義例"。② 不過《詩經》師說、條例也有跡可循，"精微義例，全在緯候"，《左傳》、《國語》、《列子》、《莊子》、《山海經》、《楚辭》、《內經》等書，皆可爲師說，合乎《詩》旨。因而於這些典籍中極力稽考古說，發明義例。如所撰《詩緯新解》一書，"於四始、五際、六情之義，以及篇什配用之理，皆據秦漢以來舊籍，推闡其意"，使先師遺說爲之彰顯。又如所撰《今文詩古義疏證凡例》，擬就凡例六十二條，專以發明編《詩》之義，以改變"古來從無以義例說《詩》"的局面。其中"采古說"一條："以《左》、《國》、《戴記》爲主，參以陳本《三家詩遺說考》。至於無明文者，前人多失採錄，今輯之尤詳。又凡所立新義，必于古說有徵，方敢用之；非有古言，不敢濫列。"③廖平之重師說、條例，於此可見一斑。

第三，主會通群經。自司馬遷以來，世傳孔子刪定六經；六經既經聖手，則必有精義在焉——今文家所謂"一王之法，爲萬代之教"。故古來學者治經，多注重會通六經。廖平著述宏富，遍及四部，會通治經十分明顯，曾經指出："必徧通群經，然後能通一經；未有獨抱一經，不務旁證而能通者。"④廖平在《今文詩古義疏證凡例》中，專門列有"通《易》"、"通《尚書》"、"通《春秋》"、"通《禮

---

① 向楚，《廖平》，四川大學文科研究所、中國文學系合編《文學集刊》第二期，1946。
② 廖平，《尊經書院日課題目》，四川存古書局民國十年《六譯館叢書》本。
③ 廖平，《今文詩古義疏證凡例》，四川存古書局民國十年《六譯館叢書》本。
④ 廖平，《經話甲編》，四川存古書局民國十年《六譯館叢書》本。

《樂》"等條例,主張《詩》與群經相通;又列有"主素王"、"分三統"、"存二帝"、"中外例"等條例,認爲公羊家所倡導的"素王説"、"三統説"、"中外説"、"文質説"等,其實皆本原於《詩》。廖平自三變起,還廣引《山海經》、《楚辭》、《列子》、《莊子》、《淮南子》、《内經》等以證《詩》,並視爲《詩》之師説,"合之兩美,離之兩傷"①。《詩》與群經關係竟如此密切,究其根源,乃"孔子自衛反魯,首正《雅》、《頌》,群經後起,總例在《詩》"②。

第四,明經史之分。廖平自認其學術爲哲學,判明經制與史事的區别,以後期天學之《詩》、《易》研究爲甚。廖平認爲治經有程度次第,先人學而後天學,人學爲行,天學爲知,《尚書》與《春秋》爲著明之行事,《詩》、《易》爲隱微之空言。"《詩》者志也",爲"空言俟後",託物比興,言無方體,不能質言實指,因而廖平非常反對以《詩》爲古事、以序説《詩》等舊説。在廖平看來,所謂《詩》"寓言後事","借古人翻後人",其實也是"通經致用"的體現,只是這種"妙用"能否實現,有待將來歷史的檢驗。廖平的《詩》學建立在思想而非行實的基礎上,有待將來歷史的檢驗,毋寧説是一種形而上學,是一種理想制度的設計!

由於現存廖平《詩》學文獻比較分散,校注者盡量爬梳搜羅,使本書不僅收録了《六譯館叢書》中的相關文獻,而且收録了《叢書》以外的數種稀見文獻。除其中十種文獻因已收入其它著作③而編入《廖平集》相應分册外,其餘文獻彙編成册,參考《六譯館叢書》中已有著作名"四益詩説",略去"四益",定名爲"詩説"。在

---

① 廖平,《山海經爲詩經舊傳玫》,載《四益館雜著》,四川存古書局民國十年《六譯館叢書》本。
② 廖平,《今文詩古義疏證凡例》,四川存古書局民國十年《六譯館叢書》本。
③ 《不以文害辭》載《經話甲編》,《大雅民勞解》載《地球新義》,《今文詩古義疏證凡例》載《群經凡例》,《論詩序》、《續論詩序》、《山海經爲詩經舊傳玫》、《離騷釋例》、《高唐賦新釋》、《重刻日本影北宋鈔本毛詩殘本跋》載《四益館雜著》,《"詩云雨我公田,遂及我私。惟助爲有公田,由此觀之,雖周亦助也"義》載《遊戲文》。

校注過程中,本書參考了舒大剛、楊世文主編的《廖平全集》(上海古籍出版社二〇一五年版)等書的點校成果。

本書的校注體例分述如下:

一、全書採用繁體横排,施以現代標點,於難解字詞、人名地名、典章制度、引文出處等,作必要的注釋。

二、正文用小四號字宋體字,獨立引文用仿宋字,正文原注和校注者新增注釋爲小五號宋體。新增注釋文字較短者採用隨文夾注,外加圓括號(單獨注音除外);文字較長者及校勘記,採用脚注形式。

三、每部著作或每篇文章前撰寫簡明題解,介紹文本的寫作時間、主旨大意及校注底本。題解爲五號仿宋字。

四、凡出注條目,一般以首出者爲作注對象,後出者不作注,以免繁復。

五、凡底本中的譌、脱、衍、倒文字,一般出校説明;但如果僅是筆劃小誤,如曰曰、戊戌、己巳等之類混淆,則徑改不出校。

六、凡原文中爲避聖諱、清諱所改字,徑予回改,不出校記。

七、凡原文殘缺脱漏、字跡模糊而致無法辨認者,根據所缺字數,用"□"表示。

八、凡古今字、異體字、通假字,一般保持原樣。爲規範起見,將舊字形悉改爲新字形。

九、凡原有頂格、退格等行文方式,改爲現代通行方式。

十、原有分段者,一般保持原樣。原無分段的長篇文字,按文意酌情分段。

十一、對於書中引文,盡量查明原始出處,並將主要引用書目及其版本情況附書末。

最後需要説明的是,因爲整理者學識有限,書中疏謬難免,尚祈方家是正。

(本書係重慶大學中央高校基本科研業務費資助項目階段性成果,項目批准號:106112015CDJSK47XK21。)

四益詩説

廖平 撰 黄鎔 補證

[題解]《四益詩説》是廖平四變時期的《詩》學代表作,包括《詩緯新解》、《詩緯搜遺》、《詩學質疑》、《孔子閒居》等四種著作。據《六譯先生年譜》,這四種著作均撰於民國三年(1914)秋。廖平以《齊詩》多祖緯候,詳於天學,因取今存《詩緯》三篇,詳以爲解,並請弟子黄鎔爲之補證,遂成《詩緯新解》。後又撰《詩緯搜遺》,"乃就《春秋》、《孝經》、《禮》、《樂》各緯,摘其關於《詩》者"。箋注亦爲黄鎔所作。所撰《詩學質疑》,又名《釋風》,舉《邶風》二十篇爲證,"以破《詩》無義例之説"。廖平認爲《禮記》篇目有相對成文之例,"《孔子燕居》爲人學,《孔子閒居》則爲天學,互文相起,各有深淺不同",遂爲《孔子閒居》箋注,末附《大學引〈詩〉爲天皇、引〈書〉爲人帝考》,以分天人之學。《四益詩説》相繼刊於《國學薈編》民國三年第十期、民國四年第三期,民國七年(1918)收入四川存古書局《六譯館叢書》,兹據該本校注。

《詩緯》新解
《詩緯》者，《詩》之秘密微言也。每以天星神真説《詩》，今畧舉其文，以示大概，未能詳盡。

余十年前成《詩》、《易》全經新注並疏，當時尚囿於大小學説，以《齊詩》多祖緯候，詳於天學，故於《詩》注題曰"齊詩學"。自丙午（1906）以後，天人之説大定，二經舊稿未及追改，亦不敢示人。自《尚書》、《周禮》修改畧備，《皇帝疆域考》陸續刊板，（據《六譯先生年譜》，光緒二十九年，廖平編成《皇帝疆域考》；民國四年，廖平弟子黃鎔據此補編成《書經周禮皇帝疆域圖表》並付梓。）乃推及《詩》、《易》。先於《楚辭》、《列》、《莊》、《山經》（《山海經》的簡稱）、《淮南》、《靈》、《素》（指《靈樞》、《素問》，合稱《黃帝内經》。托名爲黃帝所作，實際上約成書於先秦至西漢間，是中國現存較早的重要醫學文獻）各有門徑，乃歸而求於《詩》、《易》，因請精華①補證此篇，以示程途，行遠自邇，升高自卑，（語本《禮記·中庸》："君子之道，辟如行遠必自邇，辟如登高必自卑。"）一定程度也。每怪世説《老》《莊》、譯佛藏，皆與進化公理相背，遂流爲清談寂滅，生心害政，以致儒生斥爲異端。苟推明世界進退大例，則可除一人長生

---
① 精華即黃鎔（1864-1924），字經華，又作精華。四川樂山人。廖平入室弟子。所著《詩緯新解》、《書經弘道編》、《周禮訂本略注》、《皇帝疆域圖表》、《經傳九州通解》、《世界哲理箋釋》等，以箋釋廖平學術爲主。

久視之妄想、有法無法之機鋒。莊生曰:"大而無當",(謂言辭誇大,不著邊際。語出《莊子·逍遥遊》:"肩吾問於連叔曰:'吾聞言於接輿,大而無當,往而不返。'")"游於無有"。(語出《莊子·應帝王》:"立乎不測,而遊於无有者也。"清宣穎《南華經解》注:"行所無事"。)《詩》曰:"衆維魚矣,兆舊作"旐"。(參今人于省吾《澤螺居詩經新證》:"'旐維旟矣'的'旐'字應讀作'兆',……。'衆維魚矣'之'衆',與'旐維旟矣'之'兆'互文同義,古籍謂十億或萬億曰兆,引申之則爲衆多之泛稱。)維旟(yú,畫有鳥隼之旗)矣。"(語出《詩·小雅·無羊》。于省吾釋曰:"此詩本謂牧人所夢的是魚之衆與旟之多,衆魚爲豐年之征,兆旟爲室家繁盛之驗。按,以下注《詩經》引文出處,均只列篇名,略去書名。)此固非一人一時之私意所可儳僞者。荀卿(即荀子,世稱荀卿)曰《詩》不切,(《荀子·勸學篇》:"《詩》、《書》故而不切。"唐楊倞注:"《詩》、《書》但論先王故事而不委曲切近於人。")其斯爲不切乎?

　　甲寅(1914)秋四譯叙。

推度災一

　　建四始《詩》以《正月》、《四月》(兩篇均爲《小雅》篇名)、《七月》(《豳風》篇名)、《十月》(即《十月之交》,《小雅》篇名)名篇,與《春秋》"首時過則書"①同,亦爲四始。五際剛日五、柔日五爲五際,《詩》説(古代有關《詩》之解説)甚詳。②　○《雅》以"斯干"名篇,爲十干起例。《淮南》説"凡

---

① 《春秋》隱公六年:"秋七月。"《公羊傳》曰:"此無事,何以書?《春秋》雖無事,首時過則書。首時過則何以書?《春秋》編年,四時具,然後爲年。"何休解詁:"首,始也;時,四時也;過,歷也。春以正月爲始,夏以四月爲始,秋以七月爲始,冬以十月爲始。歷一時無事,則書其始月也。"

② 見《小雅·吉日》:"吉日維戊,既伯既禱。"鄭玄箋:"戊,剛日也。"又《禮記·曲禮》:"外事以剛日,内事以柔日。"孔穎達疏:"剛,奇日也。十日有五奇、五偶,甲、丙、戊、庚、壬五奇爲剛也,乙、丁、己、辛、癸五偶爲柔也。"

日,甲剛乙柔,丙剛丁柔,以至於癸"。次序不紊,故曰"秩秩"(指《小雅·斯干》"秩秩斯干"之"秩秩")。生男子爲剛日,生女子爲柔日。(《小雅·斯干》:"乃生男子,載寢之牀。載衣之裳,載弄之璋。……乃生女子,載寢之地。載衣之裼,載弄之瓦。")《豳·七月》篇"一之日"爲甲乙,"二之日"爲丙丁,"三之日"爲庚辛,"四之日"爲壬癸。不言五之日,舉四方以括中央戊己也。**而三節通**。《氾歷樞》(《詩緯》篇名):"一節爲之十歲。"《後漢書·郎顗yǐ傳》:"漢興以來三百三十九歲,於《詩三基》(《氾歷樞》別稱。基,通"朞"或"期"),高祖起亥仲二年,今在戌仲十年。……來年入季。"注云:"其法以三十年管一辰。凡甲子、甲午旬首者爲仲,甲戌、甲辰旬首者爲季,甲申、甲寅旬首者爲孟。率十年一移,故謂之三朞。"①按,"朞"即節之轉音,三節三十年,《雅》詩三十篇應之。

陽本爲雄,天。**陰本爲雌**,地。○北斗雌雄二神,即天乙、太乙。(參《淮南子·天文訓》:"北斗之神有雌雄,十一月始建於子,月從一辰,雄左行,雌右行,五月合午謀刑,十一月合子謀德。")○《春秋演孔圖》(《春秋緯》篇名):"天運三百歲,雌雄代起。"**物本爲魂**。人。○《詩》主游魂。《周南》"魂何吁矣",《召南》"之子魂歸",皆以魂爲言(説詳廖平《楚辭講義·第三課》)。

雄生八月仲節,號曰太初,太初、太始皆出《易緯》。**行三節**;以一月三十日,分孟、仲、季。中旬爲仲節,三節爲一月,此小數也。大數則一節十年。**雌生九月仲節**,《氾歷樞》:"陽生酉仲,陰生戌仲。"(據《史記·天官書》,八月爲建酉之月,九月爲建戌之月。)**號曰太始,雄雌俱行三節**。三節三十年。

雄雌俱行三節,而雄上帝。**合物**精氣爲物。**魂**,游魂爲變。**號曰太素**。《詩》主太素,謂少昊(又作"少皞"。傳説中的西方天神。黄帝子,己姓。以金德王,號金天氏)。○《斗威儀》:"二十九萬一千八百四十歲而反(同"返")太素、冥莖,蓋乃道之根也。"②○《詩》以素統爲主,素西方,

---

① 據清人陳喬樅《詩緯集證》、孔廣森《經學巵言》,"注云"後脱"'基'當作'朞',謂以三朞之法推之也"。此注係唐人李善等所撰。"其法以"至"謂之三朞",摘自《經學巵言·毛詩》"十月之交朔日辛卯"條。
② 北宋李昉等《太平御覽·天部·太素》引張衡《靈憲注》曰:"太素之前,幽清玄静,寂寞冥默,不可爲象,厥中惟靈。如是者永久焉,斯謂冥莖,蓋乃道根。道根既建,由無生有,太素始萌,萌而未兆,並體同色,坤屯不分。"

色白,其帝少昊。《詩》謂之"西方美人",(《邶風·簡兮》:"云誰之思?西方美人。彼美人兮,西方之人兮。")即《楚詞(又作"楚辭")》之西皇太乙(又作"太一",天神名。《楚辭·遠游》:"鳳皇翼其承旂兮,遇蓐收乎西皇。"《楚辭·離騷》:"麾蛟龍使梁津兮,詔西皇使涉予。")。**三氣未分別**,太初、太始、太素,謂之三氣。**號曰渾淪**。天地人相合,同在氣交之中。○《列子·天瑞篇》:"昔者聖人因陰陽以統天地。夫有形者生於無形,則天地安從生?故曰:有太易,有太初,有太始,有太素。太易者,未見氣也;太初者,氣之始也;太始者,形之始也。太素者,質之始也。氣形質具而未相離,故曰渾淪。渾淪者,言萬物相渾淪而未相離也。視之不見,聽之不聞,循之不得,故曰易也。"

　　如有繼周而王者,《論語》"其或繼周者",《詩·商頌》在《周》、《魯頌》之後。**雖百世可知**。《中庸》:"百世以俟聖人而不惑。"**以前檢後**,前爲往古,後爲來今。**文質相因**,《禮記》:殷尚質,周尚文。①《論語》:殷因夏,周因殷。(《論語·爲政》原文作:"子曰:'殷因於夏禮,所損益可知也;周因於殷禮,所損益可知也。'")**法度相改**。《論語》:"所損益可知也。"**三而復者正色也**,《元命苞》(《春秋緯》篇名):"夏以十三月爲正,色尚黑;殷以十二月爲正,色尚白;周以十一月爲正,色尚赤。"**二而復者文質也**。說與董子(董仲舒)《三代制改》篇同。○《元命苞》:"正朔三而改,文質再而復。"

　　鵲以復至(復至即冬至。復指復卦。據十二消息卦說,復卦主建子十一月)**之日**《考異郵》(《春秋緯》篇名):"冬至十一月,陽之氣也。"**始作家室**,七十二候,冬至鵲始巢。《詩》例以七十二候爲七十二諸侯。○《豳》詩曰:"予妹②有室家。"(《豳風·鴟鴞》)**鳲 shī 鳩因成事,天性如此**

---

① "殷尚質、周尚文"之說本出於董仲舒《春秋繁露·三代改制質文》,源自《禮記·表記》:"子曰:'虞夏之質,殷周之文,至矣。虞夏之文,不勝其質;殷周之質,不勝其文。'"王夫之《禮記章句》云:"殷人制度文爲皆已備盡,周人非有增益,而殷人崇用,周人崇飾;所以自周言之則殷爲質,自虞夏言之則殷爲文也。"

② 妹,《詩經》原文作"未"。

也。鳲鳩，司空，(據《左傳》昭公十七年載，少皞氏以鳥名官，"鳲鳩氏，司空也"。晉杜預注："鳲鳩，鵠鵴也。鳲鳩平均，故爲司空平水土。"按，鳲鳩即布穀鳥。)度地居民，(《禮記·王制》："司空執度度地居民。")以封建諸侯。北如韓城①，南如謝功(謝邑之工役。謝，地名，在今河南信陽。功，通"工"。見《小雅·黍苗》："肅肅謝功，召伯營之。")，非如俗說鵲巢鳩居。○《召南》："維鵲有巢，維鳩居之。"(《召南·鵲巢》)

復冬至於卦爲復。《易》曰："復其見天地之心乎。"(《易·復·彖》)之日，《含神霧》："孔子曰：'詩者，天地之心。'"鵲始巢。北方子月初候。(據五行說，北方屬水，主冬，子位。)

雊雉(gòu，雉鳴)，雞乳(産卵)。(《禮記·月令》："季冬之月……鴈北鄉，鵲始巢，雉雊，雞乳。")《詩》例以雉屬東，如《易·說卦》。○《邶風》："雄雉於飛"(《邶風·雄雉》)，"有鷕(yǎo。毛傳："鷕，雌雉聲也。")雉鳴"(《邶風·匏有苦葉》)。

邶，結蝓(又作"蛞蝓"，即蝸牛，頭有四角)之宿。以《國風》配二十八宿②、北斗，今存十一，鈌(同"缺")周、召、齊、豳。

營室星。(三國魏宋均注，以下引文同)《佐助期》(《春秋緯》篇名)："營室主軍市之糧，神名明玄耀登，姓婁芳。"《爾雅》："營室謂之定。"《天官書》(《史記》篇名)："營室爲清廟(宗廟)，曰離宮、閣道③。"郭璞④曰："定，正也。天下作宮室，皆以營室中爲正。"○《詩》：

---

① 韓城，地名，在今河北固安東南大韓寨。見《大雅·韓奕》："溥彼韓城，燕師所完。以先祖受命，因時百蠻。王錫韓侯，其追其貊，奄受北國，因以其伯。"朱熹集傳："韓初封時，召公爲司空，王命以其眾爲築此城，如召伯營謝、山甫城齊，春秋諸侯城邢、城楚丘之類也。"
② 二十八宿，指繞天一周的二十八個星宿，分別是東方蒼龍七宿——角、亢、氐、房、心、尾、箕，南方朱雀七宿——井、鬼、柳、星、張、翼、軫，西方白虎七宿——奎、婁、胃、昴、畢、觜、參，北方玄武七宿——斗、牛、女、虛、危、室、壁。
③ 日本瀧川資言《史記會注考證》引豬飼彥博曰："此有脫文，宜言旁六星，曰離宮。閣道已見中宮，此爲衍文。"
④ 郭璞(276-324)，字景純，晉代河東聞喜(今屬山西)人。曾爲《爾雅》、《方言》、《山海經》、《穆天子傳》等作注，明人張溥輯有《郭弘農集》。

"定之方中,作於楚宮。"(《鄘風·定之方中》)

鄘,《鄘》、《衛》、《王》、《秦》、《陳》五風,皆十篇。**天漢**《天官書》:"漢者,金之散氣,其本曰水。漢,星多,多水,少則旱,其大經(常規)也。"《河圖括地象》(《河圖緯》篇名)曰:"河精爲天漢也。"**之宿**。中分十篇,每風自成一局,如一星宿,合之十二篇,共成一局,如律呂①、二十八宿、三垣(天空星區太微垣、紫微垣、天市垣的合稱)、四宮(二十八宿分爲四組,與青龍、白虎、朱雀、玄武四種動物形象相配,稱爲四宮或四象)是也。○《雅》詩:"倬(zhuō,廣大貌)彼雲漢(天河,銀河),爲章(花紋,圖案)於天"(《大雅·棫樸》),"倬彼雲漢,昭回(輝映運轉)於天"(《大雅·雲漢》),"維天有漢,監(視)亦有光"(《小雅·大東》)。

天津也。《爾雅》:"析木②謂③之津,箕、斗(箕宿、斗宿。斗宿又稱南斗)之間,漢津也。"《天官書》:北官漢曰天潢。《元命苞》:"天潢主河渠,所以度神,通四方。"宋均(三國魏博士,鄭玄弟子,曾遍注讖緯)曰:"天潢,天津也。津,湊(《説文》曰:"湊,水上人所會也。")也,主計度也。"

衛,**天宿斗**、**衡**。按,衛、鄭同斗、衡。考斗有北斗,第五星爲衡。《書》曰玉衡。《孝經緯》:"玉衡,北斗柄也。"《天官書》:"中宮:斗爲帝車。"鄭於《詩》初處州中,如春秋之從行卿,與之相當。考天市垣中,斗五星與斛四星相近。《星經》(中國古代天文學著作,舊題甘公、石申著)"斗五星在宦

---

① 律呂,古代樂音標準名。陽六曰律,爲黃鍾、太簇、姑洗、蕤賓、夷則、無射;陰六曰呂,爲大呂、夾鍾、仲呂、林鍾、南呂、應鍾,合稱律呂。按照陰陽五行説,五方、州國分別配以相應的律位,如《詩緯》所載齊、魏、秦、陳國的律位,分別爲太簇、大吕、南吕、姑洗。
② 《左傳》昭公八年"今在析木之津",孔穎達疏:"天河在箕、斗二星之間,箕在東方木位,斗在北方水位。分析水、木,以箕星爲隔。隔河須津梁以渡,故謂此次爲析木之津也。不言析水而言析木者,此次自南而盡北,故依此次而名析木也。"
③ 據阮元《校勘記》,"謂"字衍。

星西南,主稱量度,入尾十度(度指星宿在黃道上運行的度數)"是也。考衡四星(屬角宿)毗連①庫樓(星名,屬角宿)。《天官書》:"南宮:衡,太微,三光(指日、月、五星)之廷。"《星經》:"庫樓二十九星,衡四星,在角南、軫 zhěn 東南次,一曰文陣兵車之府,西入軫一度。"《晉(指《晉書》)·天文志》:"庫樓,兵甲之府也。中央四星,衡也,主陳兵。"是也。衡於《詩》初處州之中,如天市垣之斗宿,繼而出封,則如軫、角間之衡星。

王,天宿箕、斗。二宿,東北交。○《天官書》:"箕爲敖客,曰口舌",(唐司馬貞索隱引宋均曰:"敖,調弄也。箕以簸揚,調弄象也;箕又受物,有去去來來,客之象也。")"南斗爲廟,其北建星"。《春秋佐助期》:"南斗主爵禄,神名帙瞻,姓終拒②。《書考靈曜 yào》(《尚書緯》篇名):"東北變天,其星斗、箕。"○《詩》:"維南有箕,載(乃)翕(xī,吸、收斂)其舌。"又:"維南有箕,不可以簸揚。"(《小雅·大東》)

鄭,《齊》十一篇,《鄭》二十一篇,各自爲一局。凡恆星各自成局,如日系世界也。天宿斗衡。斗第五星爲衡,主中國。○《後漢書》李固對詔:"陛下有尚書,猶天之有北斗。北斗,天之喉舌。尚書,陛下之喉舌。"(《後漢書·李固傳》。原文略異)《詩》:"出納王命,王之喉舌。"(《大雅·烝民》)

魏,《魏》與《豳》皆七篇。天宿牽牛。一宿,北。○《爾雅》:"何鼓(星名,《史記·天官書》作"河鼓")謂之牽牛。"《天官書》:"北宮:牽牛爲犧牲。"《佐助期》:"牽牛主關梁,神名暑緒熾,姓躅除。"○《詩》:"睆(huǎn,明亮貌)彼牽牛,不以服(負、駕)箱(車箱,代指車)。"(《小雅·大東》)

唐,堯之後。《詩》以兩極屬之,故曰冬夜夏日。(《唐風·葛生》:"夏之日,冬之夜。百歲之後,歸于其居。冬之夜,夏之日。百歲之後,歸于其室。")天宿奎、婁。二宿,西。○《爾雅》:"降婁(十二星次之一。按,古人爲説明日月五星的運行和節氣的變換,將黃道附近一周天按照由西向東的方向分爲十二個等分,稱爲星次),奎、婁也。"《天官書》:"奎曰封豕(大豬),爲溝瀆。婁爲聚衆。"《援神契》(《孝經緯》篇名):"奎主文章。""奎星屈曲相鈎,似文字之畫"。(宋均注)《佐助期》:"奎主武庫兵,神名列常,姓均劉方。

---

① 連,疑爲"連"之形訛。
② 據《唐開元占經》引文,"終拒"當作"拒終"。

婁主苑牧，神名及①，姓臺衛。"《考靈曜》："西北幽天，其星奎、婁。"

秦，《齊》、《豳》二風之文佚。天宿白虎，《天官書》："參(shēn，星宿名)爲白虎。"氣生玄武。七宿，西及北。○《天官書》："北宮玄武。"《文耀鈎》(《春秋緯》篇名)："西宮白帝，其精爲白虎；北方黑帝，其精爲玄武。"

陳，舜之後。《詩》以地中屬之，故曰"無冬無夏"(《陳風·宛丘》)。天宿大角(星名，屬亢宿)。一角(角宿)東。角爲九天之鈞天，爲二十八宿之中央。○蔡邕 yōng②《月令章句》："天官五獸之於五事也，左有蒼龍，大辰(蒼龍七宿中房、心、尾三宿的總稱。《爾雅·釋天》："大辰，房、心、尾也。")之貌；右有白虎，大梁(星次名，在二十八宿爲胃、昴、畢)之文；前有朱雀，鶉 chún 火(星次名，在二十八宿爲柳、星、張。南方七宿取象於鳥，故曰鶉。柳、星、張三宿居其中，猶鶉鳥之心，故稱鶉火)之體；後有玄武，龜蛇之質；中有大角，軒轅(黃帝號軒轅氏。按，中央五行爲土，五常爲信，其帝黃帝，其蟲倮，麒麟爲之長)麒麟之信。"《考靈曜》："中央曰鈞天，其星角、亢。"按，中央之角當爲大角。《星經》："大角一星，天棟，在攝提(星名，屬亢宿，共六星)中，主帝座，入亢三度。"《天官書》："大角者，天王帝廷是也。"若東方首宿蒼龍角，《國語》謂之辰角。(三國吳韋昭注："辰角，大辰蒼龍之角。")《天官書》："杓(biāo，指北斗柄上搖光、開陽、玉衡三星)攜龍角。"《星經》"角二星爲天門"是也，不能與大角比其尊貴。

檜，《檜》、《曹》二風比於春秋許、曹，爲小國，一亡一存，故止四篇。天宿招搖。北斗杓前之宿。○《天官書》："杓端有兩星：一內爲矛，招搖；一外爲盾，天鋒(又稱梗河星)。"《星經》："招搖星在梗河北，主邊兵，入氐二度。"

曹，天宿張、弧。弧矢。(星名。簡稱弧，屬井宿。共九星，位於天狼星東南。因形似弓箭，故名。)此十五國《風》自爲終始之例，非每《風》各自爲局，不相貫通。○《天官書》："其東有大星曰狼(屬井宿)，下有四③星曰

---

① 據《唐開元占經》引文，"及"後脫"方"。
② 蔡邕(133-192)，字伯喈，東漢陳留圉(在今河南杞縣南)人。官至左中郎將。著有《月令章句》、《獨斷》等，已佚。明人張溥輯其文爲《蔡中郎集》。
③ 據唐張守節《史記正義》、日本瀧川資言《史記會注考證》，"四"當作"九"。

弧,直(對著)狼。"《合誠圖》(《春秋緯》篇名):"弧主司兵,弩象也。"《御覽》(即《太平御覽》,北宋四大類書之一,李昉等奉勅編撰):"弧九星,在狼東南,謂天弓也,主備賊盜。"

卯酉之際爲改政。東西。○改政,猶《氾歷樞》所謂"革正(通"政")"。

百川沸騰衆陰進,《漢(即《漢書》)·五行志》引京房《易傳》曰:"辟(天子)遏有德,厥(句首助詞,無義)災水,水流殺人。王者於大敗,誅首惡,赦其衆;不(同"否")則皆函(含)陰氣,厥水流入國邑。"又董子(董仲舒)、劉子(劉向)説春秋大水皆陰氣盛之應。**山冢**(山頂曰冢)**崒**(通"碎")**崩無人仰**,《運斗樞》:"山崩者,大夫排主,陽毀失基。"《考異郵》:"山者君之位也,崩毀者陽失制度,爲臣所犯毀。"《春秋》成五年:"梁山(今人楊伯峻認爲在今陝西韓城一帶)崩。"《五行志》:"劉子以爲君道崩壞,下亂,百姓將失其所矣。"**高岸爲谷賢者退**,《春秋》僖十四年:"沙麓(《穀梁傳》認爲指沙山之麓)崩。"《五行志》:"劉子以爲臣下背上、散落不事上之象。"**深谷爲陵小臨大**。《漢·五行志》:"昔伊、雒(伊水與洛水,在今河南洛陽一帶。《國語·周語》韋昭注:"伊出熊耳,洛出冢嶺。禹都陽城,伊洛所近。")竭而夏亡,河竭而商亡。幽王二年(前780),三川(涇水、渭水、洛水)竭。"(參《小雅·十月之交》:"百川沸騰,山冢崒崩。高岸爲谷,深谷爲陵。")

月三日成魄(又作"霸",月初出時的微光),《尚書》:"哉(通"才",初,始)生魄。"(《尚書·康誥》)**八日成光**,《考工記》:"輪輻(車輪中連接輪轂和輪圈的輻射狀直木稱爲輪輻。按,輪轂指車輪的中心部位)三十以象月。"《禮運》:"月以爲量,三五而盈。"十五當地中萬五千里,是三日三千里,八日八千里,得十五之半,故月輪半規。**蟾蜍**(同"蜍")**體就**,月輪圓滿。《書·康誥》謂之"大明服",(廖平、黃鎔《皇帝疆域圖表·考工記輪輻三十以象月圖》:"服通於輻,大輿圓滿,明照全球,故曰大明服。")《易》謂之"大輿",(《易·大壯》:"九四:貞吉,悔亡。藩決不羸,壯于大輿之輹。"《易·説卦》:"坤爲大輿。")《周禮》謂之"廣輪"。(《周禮·地官·大司徒》:"以天下土地之圖,周知九州之地域廣輪之數。")《詩》多從輪輻起義,以譬地球,如幅員、景福、遐福、百福、多福、福禄。**穴鼻始明**。穴,決(缺)也;決鼻,兔也。(穴鼻、決鼻,兔的別稱。傳説月中有兔,因又借指月亮。)

黄龍石氏《星書》:"中央黄帝,其精黄龍,爲軒轅。"**在内,正土職也**,《月令》:"中央土,其帝黄帝。"**一曰陳陵,一曰權星**,《天官書》:"權,軒轅。軒轅,黄龍。"**主雷雨之神**。張衡《靈憲》:"軒轅一星,與蒼龍、白虎、朱雀、玄武四獸爲五。"

庚者更也,子者滋也,聖人制法天下治。此不以干支爲司年符號,而别詳其義。○孔經制大統之法,(廖平認爲孔經有小統、大統之分。小統爲王伯小康時代的中國萬世治法,大統爲皇帝大同時代全球萬世治法。)特借干支以分割州域。《謨》以辛、壬、癸、甲爲起例,(《書·皋陶謨》:"予創若時,娶于涂山,辛、壬、癸、甲。"廖平、黄鎔《皇帝疆域圖表·尚書十夫與周禮五土合圖》謂"辛、壬、癸、甲起北方四州之符記"。)《典》稱之爲二十二人,(《書·堯典》:"帝曰:'咨!汝二十有二人,欽哉!惟時亮天功。'"廖平、黄鎔認爲"二十二人"即十干十二支,十天干配八州並二伯,十二地支配十二外州牧。)《詩》以"秩秩斯干"一篇爲起例,《豳·七月》舉一、二、三、四之日,分四方八干,又由五月數至十月,則十二支舉其半,爲六合(天地及東西南北四方)、六律(見前"律吕"注),皆包舉全球之大例。

《關雎》知原,知治化之原。**冀得賢妃正八嬪**。《説題辭》(《春秋緯》篇名):"人主不正,應門失守,故歌《關雎》以感之。"又:"應門,聽政之處也。言不政事爲務,則有宣淫之心。《關雎》樂而不淫,思得賢人,與之化之,修應門之政者也。"(《説題辭》宋均注)

嬪,婦也。**八嬪**八伯之命婦。**正於内,則可以化四方矣**。由内及外,化行天下。

上出號令而化天下,震雷起而驚蟄,《含神霧》:"'爗爗(yè yè,又作"爆爆"。電光盛貌)震電,不寧不令(指天下不安,政教不善)。'(《小雅·十月之交》)此應刑政之太暴,故雷電驚人,使天下不安。"**睹旗鼓**

動而三軍駭,《詩》:"伐鼓淵淵(鼓聲,象聲詞),振旅(杜預謂"治兵禮畢,整衆而還")闐闐(鼓聲,象聲詞;或謂盛貌)。"(《小雅·采芑》)觀其前動化,而天下可見矣。

汜歷樞二

《大明》《大明》在《大雅》,與《四牡》(《小雅》篇名)等篇不類,當如《史記》、《淮南》所稱歲陰(又稱"太歲"、"太陰"。古代天文學中假設的星名,與歲星運行方向相反)左行從寅、歲星右轉從亥始,[①]一順一逆,互文起義(指上下文各有交錯省却而又相互補充,合而表達一個完整的意思)。在亥,《大雅·文王》、《大明》、《緜》在亥,爲水始,以下依次右轉。水始也;《小雅》"夜如何其"三篇(《小雅·庭燎》。按,本段以下篇名均出《小雅》)爲亥,水始;《行野》(即《我行其野》)、《斯干》、《無羊》爲子,水終。以上三十篇(不含六篇笙詩)自爲終始。《節南山》以下別自爲局,所謂一轂 gǔ 三十輻也。《四牡》在寅,木始也;今考定《鹿鳴》之三(指《鹿鳴》、《四牡》、《皇皇者華》三篇)爲上方未辰,木自《常棣》、《伐木》、《天保》始。《嘉魚》(即《南有嘉魚》)《采薇》、《出車》、《杕 dì 杜》三篇爲卯。在巳,火始也;《魚麗》、《嘉魚》、《南山有臺》三篇屬巳。《鴻雁》《蓼 lù 蕭》、《湛露》、《彤弓》三篇屬午,《菁莪 é》(即《菁菁者莪》)、《六月》、《采芑 qǐ》三篇與《鹿鳴》對,爲下方戌丑。在申,《車攻》、《吉日》、《鴻雁》屬申。金始也。《祈父》、《白駒》、《黃鳥》屬酉。○《演孔圖》:"《詩》含五際六情,絕於申。"

卯,《天保》也;今以《采薇》三篇爲卯。酉,《祈父》也;午,

[①] 參《史記·天官書》:"以攝提格歲:歲陰左行在寅,歲星右轉居丑。"《淮南子·天文訓》:"太陰在寅,歲名曰攝提格。其雄爲歲星,舍斗、牽牛,以十一月與之晨出東方,東井、輿鬼爲對。"《唐開元占經》引許慎注:"東井、輿鬼在未,斗、牽牛在丑,故爲對也。"按,因歲星繞日一周不足十二年,至漢武帝元封七年(前104),歲星的實際位置已超兩辰,即歲陰在寅,而歲星已居亥。

《采芑》也；今以《蓼蕭》、《湛露》、《彤弓》爲午。○此《小雅》首三十篇，爲四始例，合三十篇讀爲一篇之法也。考六情說，東方寅卯怒，西方申酉喜，北方亥子好，南方巳午惡，上方辰未樂，下方戌丑哀（《漢書·翼奉傳》），四墓（命理說認爲，辰、戌、丑、未四宮乃長生十二星順行之"墓地"，故稱"四墓之地"）合二，仍如十干，每支三篇，故爲三十篇。**亥**，亥承上文，爲《小雅》陽局之終；而《大雅》之陰局從亥始，故下接《大明》。《**大明**》**也。然則亥爲革命**，革更陰陽之運。**一際也；亥又爲天門**，《括地象》（即《河圖括地象》，緯書的一種）："西北爲天門，東南爲地戶。"又《素問·五運行篇》："《太始天元册》（古代占候之書，已佚）文曰：'丹天之氣經於牛女（牛女及下文的心尾奎壁角軫，皆星宿名）戊分，黅（jīn，黃）天之氣經於心尾己分。'所謂戊己分者，奎壁角軫，則天地之門戶也。"《撼龍經》（古代堪輿著作，舊題唐楊筠松撰）以亥爲天門。**出入候聽**，《董子·陰陽出入篇》："春出陽而入陰，秋出陰而入陽。"**二際也；卯爲陰陽交際**，《淮南·天文訓》："陰陽相得，則刑德合門。二月、八月，陰陽氣均，故曰刑德合門。"**三際也；午爲陽謝陰興**，子當曰陰謝陽興。**四際也；酉爲陰盛陽微**，卯當爲陽盛陰微。**五際也**。

卯酉之際春分、秋分，陰陽適均。**爲革正**，去其太過、不及，以歸於正。**午陽謝陰興。亥陰陽終始。之際爲革命**。午對子而言，爲陽之始，亥爲陰之始，錯舉見義。辰一作"神"。**在天門**，宋均云："神，陽氣，君象也。天門，戌亥之間，乾所據者。"**出入**《佐助期》："角（角宿）爲天門，左角神名其名芳，右角神名其光率。"按，角當巽辰，與乾亥同爲出入之門（據文王八卦方位圖，巽居東南辰位，乾居西北亥位）。**候聽**。

陽生酉仲，酉爲陰盛陽微，故曰生。《參同契①·卯酉刑德章》："二月榆落，魁（北斗第一星至第四星）臨於卯；八月麥生，天罡（北斗七星之柄）據酉。"**陰生戌仲**。《推度災》："雄生八月仲節，雌生九月仲節。"

---

① 《參同契》，全稱爲《周易參同契》。舊題東漢魏伯陽著，二卷。該書以《周易》、黃老、爐火三家相參同，借《周易》爻象附和道家煉丹修養，爲丹經之祖。

凡推其數，統論陰陽之數。皆從亥之仲起，亥爲革命，又爲天門。此天地《素問》："天地者，萬物之上下。"（《素問·陰陽應象大論篇》、《天元紀大論篇》）所定位，《易·繫》："天地定位。"①《素問·五運行篇》以乾巽爲天地之門户。陰陽《素問》："左右者，陰陽之道路。"終而復始，窮則反（同"返"）本。萬物死而復蘇，與《靈》、《素》同。大統六合同風，九州共貫。之始，即《大雅·大明》之始。故王命一節，爲之十歲也。三節三十歲，《詩》以三十篇應之。○《天官書》："天運三十歲一小變。"

陰陽之會，一歲再遇。《淮南子》："北斗之神有雌雄，雄左行，雌右行，五月合午謀刑，十一月合子謀德。"（《淮南子·天文訓》）遇於南方者，以中（同"仲"）夏；遇於北方者，以仲冬。此九宫（《易緯》以離、艮、兑、乾、坤、坎、震、巽八卦之宫，加上中央宫，合稱九宫）下行法，陰陽二神同行。○《董子·陰陽出入篇》："夏右陽而左陰，冬右陰而左陽。至仲冬之月，相遇北方，別而相去。大夏（盛夏）之月，相遇南方，別而相去。"

大角《天官書》："大角者，天王帝廷。其兩旁各有三星，鼎足句（同"勾"，鉤連）之，曰攝提。攝者，直斗杓所指，以建時節，故曰'攝提格'。"（司馬貞索隱引《春秋元命苞》云："攝提之爲言提攜也。言提斗攜角以接於下也。"格，至。）爲天棟，正紀綱。《晉書·天文志》："大角者，天王座也。又爲天棟，正經紀也。"一曰大角爲火，以其赤明也。"七月流火"（《豳風·七月》）：流爲服名。（參《禮記·王制》："千里之外曰采，曰流。"鄭玄注："流，謂九州之外也。夷狄流移，或貢或不。《禹貢》荒服之外，'三百里蠻，二百里流'。"）火，東方宿心，亦爲火。

房《詩》："招我由房。"（語出《王風·君子陽陽》。毛傳："由，用也。國君有房中之樂。"）《爾雅》："天駟，房也。"爲天馬，《天官書》："東宫蒼龍，房、心。房爲府，曰天駟；其陰爲右驂（cān，駕車時位於兩邊的馬）。"主車駕。《援神契》："房爲龍馬。""房星既體蒼龍，又象駕駟馬"（宋均注）。

---

① 此引文當出自《易·説卦》，非《易·繫辭》。

房既近心爲明堂(帝王宣明政教之所,向明而治,故曰明堂),又別爲天府及天駟也。

尾《天官書》:"尾爲九子,曰君臣;斥絶(互相排斥隔絶),不和。"《元命苞》曰:"尾九星爲後宮之場也。"爲逃臣,賢者叛。

十二諸侯按,天市垣十二諸侯,晉、韓、秦、楚、鄭、魏、趙、燕、齊、吳、越、宋,在紫宮(即紫微垣)者爲十二藩臣。列於庭。《國風》十二配律吕,以象天之十二諸侯。《史記·十二諸侯年表》仿此。

箕《天官書》:"箕爲敖客,曰口舌。"(司馬貞索隱引宋均曰:"敖,調弄也。箕以簸揚,調弄象也;箕又受物,有去去來來,客之象也。")爲天口,《詩》:"維南有箕,載翕其舌"(《小雅·大東》),"哆(chǐ,張口貌)兮哆①兮,成是南箕"(《小雅·巷伯》)。主出氣。

參《佐助期》:"參伐(據《天官書》載,參七星,下有三星曰伐,一名罰)主斬刈,神名虛圖,姓祖及。"爲大辰,《爾雅》:"大辰,房、心、尾也。火(即大火星,一般認爲指心宿三星)謂之大辰。"(漢何休云:"大火與伐,天所以示民時早晚,天下所取正,故謂之大辰。辰,時也。")霸者(指方伯,一方諸侯之長)持正,咸席之覆(傾覆)。

梗河中招搖,孟康(字公休,三國魏廣宗人。官至中書監。著有《漢書音義》、《老子孟氏注》,已佚)曰:"近北斗者招搖,招搖爲天矛。"(南朝宋裴駰《史記集解》引文)晉灼(晉河南人,官至尚書郎。著有《漢書集注》、《漢書音義》,已佚)曰:"梗河三星,天矛、天鋒、招搖,一星耳。"(裴駰《史記集解》引文)宋均云:"招搖星在梗河内。"(唐司馬貞《史記索隱》引文)爲胡兵。《天官星占》(古代天文星占著作,三國吳太史令陳卓著,已佚):"招搖者,常陽也。一名矛盾,胡兵也。"

靈臺,《禮含文嘉》:"天子有靈臺,以候天地。"又:"天子靈臺,所以觀

---

① 據《詩經》原文,"哆"當作"侈"。侈,張大貌。

天人之際、陰陽之會也。揆(kuí,度量)星度(星辰運行的度數)之驗,徵(驗證)六氣(自然氣候變化的六種現象。具體指哪六種,說法不一。廖平以《內經》"五運六氣說"解《詩》,認爲指風、熱、火、濕、燥、寒)之瑞應,神明之變化,覩(同"睹")日月之所驗,爲萬物獲福於無方之原。招太極之清泉,以興稼穡之根。'倉廩實,知禮節;衣食足,知榮辱。'(《管子·牧民》)天子得靈臺之則,五車三柱(星名。五車五星,三柱九星,均屬畢宿),明制可行,不失其常。水泉川流,無滯寒暑之災;陸澤山陵,禾盡豐穰。"**候天意也。經營靈臺**,《詩》:"經始(開始。經,始也)靈臺,經(丈量,謀劃)之營(表,建立標記)之。"(《大雅·靈臺》)**天下附也**。《推度災》:"作邑於豐(周文王所建都城,在今陝西西安灃河西岸),起靈臺。"

聖人事明義以炤(同"照")**燿,故民不陷**。《書大傳》:"主春者張(張宿),昏中(指傍晚居南方中天)可以種穀;主夏者火(即大火,指心宿三星),昏中可以種黍、菽;主秋者虛(虛宿),昏中可以種麥;主冬者昴(mǎo,昴宿),昏中可以收斂蓋藏。故天子南面而視四星之中,知民之緩急。急則不賦籍(分派賦稅和徭役),則不舉力役。故曰'敬授人時'(指將曆法付予百姓,使知時令變化,不誤農時)。"《詩》云:"**示我顯德行**。"(《周頌·敬之》)

"**彼茁**(草初生出地貌)**者葭**(jiā,初生之蘆葦)**,一**(發語詞,無義)**發**(指發箭射中)**五豝**(bā,母豬)"(《召南·騶虞》),喻北半球之五日。孟春在北半球之甲位。**獸肥草短之候也**。

蟋蟀在堂,《春秋潛潭巴》(《春秋緯》篇名):"蟋蟀集,天子無遠兵。"**流火西也**。《詩》:"七月流火。"東方心爲大火,由西至東極。

《**詩》無達詁**,《孟子》:"不以文害辭,不以辭害志。以意逆(揣度)志,是爲得之。"《**易》無達占**,《**春秋》無達辭**。

含神霧三《含神霧》所言多與《山經》、《楚詞》、《淮南》同,亦足證《詩》爲天學。

孔子曰：羣言淆亂衷（折衷，取正）諸聖。"《詩》者，天地之心，星辰。○《感精符》（《春秋緯》篇名）："地爲山川。山川之精上爲星辰，各應其州域分野（分野指與星次或星宿相對應的地域。古天文學説，將十二星次或二十八星宿的位置與地上州、國的位置相對應。就天文説，稱作分星；就地面説，稱作分野）爲國，作精符驗也。"《韓詩外傳》（書名。西漢韓嬰撰。該書雜引古事、古語以印證《詩經》，與《韓詩内傳》相配合）："子夏喟然歎曰：'大哉《關雎》，乃天地之基也。'"君祖之德，《論語》："子曰：'爲政以德，譬如北辰（即北極星），居其所而衆星拱之。'子曰：'《詩》三百，一言以蔽之，曰思無邪。'"（《論語·爲政》百福之宗，福、幅、輻、服，音同相通。百福，猶六合。○説詳《皇帝疆域圖表·輪輻圖》中。萬物之户也。"《素問》："六合之内，萬物之外"，以九州爲萬物。○《樂記》（《禮記》篇名）："子贛（又作"子貢"。孔子弟子，姓端木，名賜）見師乙（樂師，名乙）而問焉，曰：'賜聞聲歌各有宜也，如賜者宜何歌也？'師乙曰：'乙，賤工也，何足以問所宜？請誦其所聞，而吾子自執焉。寬而静，柔而正者，宜歌《頌》；廣大而静，疏達而信者，宜歌《大雅》；恭儉而好禮者，宜歌《小雅》；正直而静，廉而謙者，宜歌《風》；肆直（任性直率）而慈愛者，宜歌《商》；温良而能斷者，宜歌《齊》。夫歌者，直己而陳德也，動已而天地應焉，四時和焉，星辰理焉，萬物育焉。"

治世之音温以裕，其政平；亂世之音怨以怒，其政乖：《樂記》："凡音者，生於人心者也。情動於中，故形於聲。聲成文，謂之音。是故治世之音安以樂，其政和；亂世之音怨以怒，其政乖；亡國之音哀以思，其民困。聲音之道，與政通矣。鄭、衛之音，亂世之音也，比於慢矣。桑間濮上之音，亡國之音也，①其政散，其民流，誣上行私而不可止也。"《詩》道然也。

集微知微。揆著，《中庸》："莫見乎隱，莫顯乎微。"○班《律曆志》

---

① 鄭玄注："濮水之上，地有桑間者，亡國之音於此之水出也。昔殷紂使師延作靡靡之樂，已而自沈於濮水。後師涓過焉，夜聞而寫之，爲晉平公鼓之，是之謂也。桑間在濮陽南。"後因以"桑間濮上之音"指淫靡之音。

(班固《漢書》篇名):"三微而成著,三著而成象,二象十有八變而成卦。"**上統元皇**,"皇(本作"王",廖平謂大統讀"皇")省(xǐng,視察,此指視察之職)惟歲"。(語出《書·洪範》。僞孔安國傳:"王所省職,兼所總群吏,如歲兼四時。")○《春秋内事》(《春秋緯》篇名):"天地開闢,五緯各在其方,至伏羲(遠古傳説中的人物。風姓。相傳其始畫八卦,又教民漁獵,取犧牲以供庖廚)始合,故以爲元。"《命歷序》(《春秋緯》篇名):"次是民(即次民氏,古代傳説中部落首領名)没,元皇出,天易命,以地紀,穴處之世終矣。"**下叙四始**,寅、申、巳、亥,四時之始。○亥,水始;寅,木始;巳,火始;申,金始。**羅列五際**。《論語》"唐虞(堯舜有天下之號)之際",以剛柔分,各統五干爲五際。○亥爲一際二際,卯爲三際,午爲四際,酉爲五際。

　　集微揆著者,若"緜緜瓜瓞(dié。朱熹集傳:"大曰瓜,小曰瓞。瓜之近本初生者常小,其蔓不絶,至末而後大也。"),人①之初生"(《小雅·緜》)。揆其始,是必將至著,王有天下也。

　　北極《論語》"北辰",《詩》義取此。**天皇大帝**,《詩》之"上帝"。○《天官書》:"中宮天極星,其一明大者,太乙常居也。"《春秋佐助期》:"紫宮,天星②耀魄寶之所理也。"《合誠圖》:"天皇大帝,北辰星也。含元秉陽,舒精吐光,居紫宮中,制御四方,冠有采文。"**其精生人**。"降而生商"(《商頌·玄鳥》)。○《文耀鉤》:"中宮大帝,其精北極星,含元出氣,流精生一也。"

　　稱皇者,皆得天皇之氣也。《詩》:"皇矣上帝"(《大雅·皇矣》),"先祖是皇"(《小雅·楚茨》、《小雅·信南山》),"皇王

---

① 據《詩經》原文,"人"當作"民"。
② 據司馬貞《史記索隱》引文,"天星"當作"天皇"。

維(語助詞)辟(法)"(《大雅·文王有聲》),"皇王烝(zhēng,君,此指得人君之道)哉"(《大雅·文王有聲》)。

五精星坐(同"座"),《文耀鈎》:"太微宫有五帝座星:蒼帝,春起受制,其名靈威仰;赤帝,夏起受制,其名赤熛 biāo 怒;白帝,秋起受制,其名白招拒;黑帝,冬起受制,其名汁光紀;黄帝,季夏六月火受制,其名含樞紐。"《元命苞》:"下天有五帝,五星爲之使。"**其東蒼帝坐,神**與魂同。**名靈威仰,**游魂爲變。**精**身形。**爲青龍。**精氣爲物。○《天官書》:"東宫蒼龍。"《文耀鈎》:"東宫蒼帝,其精爲青龍。"

七政《尚書》:"璿璣玉衡,(璿、璣、玉衡,均爲北斗星名,代指北斗七星。璿,通"璇"或"旋"。《文耀鈎》云:"玉衡屬杓,魁爲璇璣。")以齊(整齊,安排)七政。"(《尚書·舜典》)《大傳》(指《尚書大傳》):"七政,謂春、夏、秋、冬、天文、地理、人道,所以爲政也。"**天斗**《運斗樞》:"斗第一天樞,第二旋,第三璣,第四權,第五衡,第六開陽,第七瑶光,合而爲斗。"**上,一星天位,二主地,三主水,四主火,五主土,六主木,七主金。**

七政《合誠圖》:"天文地理,各有所主。北斗有七星,天子有七政也。"**星不明,各爲政不行。**

五緯《天官書》:"水、火、金、木、填(通"鎮",即土星)星,此五星者,天之五佐,爲經緯。"**合,王更紀。**《運斗樞》:"歲星(木星)帥五精聚於東方七宿,蒼帝以仁厚温讓起。熒惑(火星)帥五精聚於南方七宿,赤帝以寬明多智起。填星帥五精聚於中央,黄帝以重厚聖賢起。太白(金星)帥五精聚於西方七宿,白帝以勇武誠信起。五星從辰星(水星)聚於北方,黑帝起以宿占國。"

紫宫主出度(巡行天下,布政節度)。《天官書》:"中宫天極星,其一明者,太乙常居也。環之匡衛十二[①]星,藩臣。皆曰紫宫。"《合誠圖》:"紫微大帝室,太乙之精也。"《淮南·天文訓》:"紫宫者,太乙之居也,紫宫執斗

[①] 據王先謙《漢書補注》,"十二"當作"十五"。匡衛十五星,即東藩八星、西藩七星,以"匡正其内,衛扞其外也"。

而左旋。"

熒惑司實。《天官書》:"察剛氣以處(處置,確定……的位置)熒惑。曰南方火,主夏,日丙、丁。禮失,罰出熒惑。"《文耀鈎》:"赤帝熛怒之神,爲熒惑,位南方。"

古文見《左襄九年傳》。**之火正,**"陶唐氏(堯初封於陶,後封於唐,有天下之後,號稱"陶唐氏")之火正閼ē伯,居商丘(今河南商丘),祀大火(祭祀大火星),而火紀時焉,故商主大火。"(《左傳》襄公九年)《漢·五行志》説曰:"古之火正謂火官也,掌祭火星,行火政。**或食**(指祭祀時配享)**於心,**林(指宋林堯叟,著有《春秋左傳句解》)注:"心,大火,東方星也。以火正配食於大火之心星,或以火正配食於鶉火之柳星。"**或食於咮** zhòu,《爾雅》:"咮謂之柳。柳,鶉火也。"《天官書》:"柳爲鳥注(同"咮",鳥嘴),主草木;張,素(通"嗉"sù,禽鳥喉下盛食物之囊),爲厨,主觴客(饗宴賓客)。"**以出內火**(意即令民放火、禁火。出內,出入),《漢·五行志》:"季春昏,心星出東方,而咮、七星(指星宿七星)、鳥首正在南方,則用火。季秋,星(指星宿)入,則止火,以順天時,救民疾。"**故爲鶉火。**《詩》:"鶉之賁賁(《齊詩》、《魯詩》"賁賁",《毛詩》作"奔奔"。形容鶉鳥爭門兇狠貌,亦可形容鳥星之體)。"(《鄘風·鶉之奔奔》)**心爲大火。**《考靈耀》:"心,火星,天王也。"《元命苞》:"心三星五度,有天子明堂,布政之宫。"

白之亡,《書運期授》(《尚書緯》篇名):"白帝之治六十四世,其亡也,枉矢(本指不直之箭,此爲星名)射參。"**枉矢流。**《運斗樞》:"枉矢出,射所誅。"《考異郵》:"枉矢見,則謀反之兵合。枉矢而流射,法秦以亡。"《漢含孳》(《春秋緯》篇名):"枉矢流,主見射。"

枉矢流,《天官書》:"枉矢狀類大流星,虵(同"蛇")行而蒼黑,望如有毛羽然。"(《史記·天官書》原文略異)**"天降喪亂"。**語見《大雅·桑柔》。

蒼之亡,《感精符》:"蒼帝之始,二十八世。滅蒼者,翼(星宿名)也。"《保乾圖》(《春秋緯》篇名):"蒼帝七百二十歲而授火。"**彗**《爾雅》:"彗星爲欃 chán 槍。"(欃槍爲彗星的别稱。唐瞿雲悉達《唐開元占經·彗星占》

引《荊州占》曰:"歲星逆行過度宿者,則生彗星,一曰天棓,二曰天槍,三曰天攙,四曰芉星,此四者皆爲彗。"按,攙通"欃"。》《洪範傳》①:"彗者,去穢布新者也。此天所以去無道而建有德也。"《運斗樞》:"彗星出西方,如鈎,長可四丈,名曰天欃。彗星出東北,名曰天棓(同"棒")。"出《運期授》:"蒼帝亡也,大禮,彗星出。"② 房。《文耀鈎》:"房、心爲天帝明堂,布政之所。又:"房、心爲中央火星③,天王位。"

陽氣終,"白露爲霜"(《秦風·蒹葭》)。語見《秦風》。

白露,行露(道上之露。典出《召南·行露》)《召南》。也。陽終,陰用事,故曰白露凝爲霜也。

"燁燁震電,不寧不令。"語見《小雅》。此應刑法之太暴,故震電驚人,使天下不安。

日月揚光者,《邶風》:"日居ī月諸(居、諸皆語助詞)。"(《邶風·柏舟》)《齊風》:東方日月。(《齊風·東方之日》:"東方之日兮","東方之月兮"。)人君之象也;風雲《邶》有四風(《終風》、《凱風》、《谷風》、《北風》),《小雅》白雲。(《小雅·白華》:"英英白雲,露彼菅茅。")列勢者,將帥之氣也。聲容具(具備)之。

齊《齊》以下六風配六氣、六合(《淮南子·時則訓》:"六合:孟春與孟秋爲合,仲春與仲秋爲合,季春與季秋爲合,孟夏與孟冬爲合,仲夏與仲冬爲合,季夏與季冬爲合。"),以一風當二月。《豳·七月》舉六月(指五月至十月),四日(指"一之日"、"二之日"、"三之日"、"四之日"),亦同此例。地班《志》(指《漢書·地理志》):"齊地,虛、危之分壄(同"野")也。"處孟春之

---

① 《洪範傳》,指漢劉向《洪範五行傳論》。該書以上古至秦漢時期的災異,附會時政得失,宣揚天人感應説和讖緯神學。書已佚,基本內容保存於《漢書·五行志》。
② 此引文疑有錯訛。《唐開元占經·彗星占》作:"《春秋運期授》曰:'蒼帝亡也,大□亂,彗東出。'"
③ 據《唐開元占經·東方七宿占》引文,"火星"當作"大星"。

位、《淮南》："孟春與孟秋爲合。"於六氣爲寅申之年。① **海岱**(泰山簡稱"岱")**之間,土地污泥,流之所歸,利之所聚,律中**(應)**太簇**(còu。十二律中陽律的第二律,主孟春之氣。《禮記·月令》："孟春之月,律中太簇。"),**音中宮、角**(宮、角及下文的徵、商、羽,構成中國古代的五聲音階)。此以律呂立說,十二風自爲終始,合十二風爲一之例也,足見以《序》說《詩》者之非。〇《樂稽耀嘉》(《樂緯》篇名):"東方春,其聲角,當宮於夾鍾(謂樂當定宮音於夾鍾)。餘方各以其中律爲宮。"

陳班《志》:"陳,與韓同星分(與某國或某地域相對應的星宿,稱星分)。韓地,角、亢、氐之分野也。"**地處季春之位,**"季春與季秋爲合",於六氣爲辰戌之年(屬太陽寒水)。**土地平夷,無有山谷,律中姑洗**(xiǎn),**音中宮、徵**(zhǐ,五聲音階之一)。

陳,王者所起也。

曹地處季夏之位,"季夏與季冬爲合",於六氣爲丑未之年(屬太陰濕土)。**土地勁急,音中徵,其聲清以急。**

秦班《志》:"自井十度至柳三度,謂之鶉首之次,秦之分(分星,見前"分野"注)也。"**地處仲秋之位,**"仲秋與仲春爲合",於六氣爲卯酉之年(屬陽明燥金)。**男懦弱,女高瞭**(清河郡本《緯書》引宋均注:"瞭,明也。其人高目廣顙。"顙,額頭),**白色秀身,律中南呂,音中商,其言舌舉而仰,其聲清以揚。**

唐班《志》:"唐叔(周朝晉國的始祖,周成王弟。姬姓,名虞。封於唐,稱唐叔虞)在母未生,武王夢帝(指天帝)謂已曰:'余名而(你的)子曰虞,將

---

① 根據古代五行學說,寅居東北隅,五行屬木,五音屬角,與孟春相配;申居西南隅,與寅位相對,五行屬金,五音屬商,與孟秋相配;火生於木(寅位),又能克金(申位),故寅、申屬少陽(陽氣的一種)相火(六氣之一,與君火相對)。依"主氣、客氣"說,六氣每年分六個時段運轉一週期,同時每六年也運轉一週期,寅年之歲的司天之氣爲少陽相火。說參《素問·天元紀大論》:"寅申之歲,上見少陽。"又:"少陽之上,相火主之。"以下六氣爲辰戌、丑未、卯酉、巳亥、子午之年均依此類推,不一一贅述。

與之唐，屬之參。'故參爲晉分（分星）①。"地處孟冬之位，孟冬與孟夏爲合，於六氣爲巳亥之年（屬厥陰風木）。得常山（本名恆山，因避漢文帝劉恆諱改稱常山，在今山西北部）、太岳（即霍山，在今山西中南部）之風，音中羽，其地磽qiāo确（指土地堅硬瘠薄）而收。故其民儉而好畜（通"蓄"，蓄積），外急而内仁，此唐堯之所處。

魏地班《志》："魏地，觜觽（zī xī，即觜宿）、參之分野也。"處季當作"仲"。冬之位"仲冬與仲夏爲合"，於六氣當爲子午之年（屬少陰君火）。土地平夷，其音羽、角。《周禮》十二風。按，合十二外州，《詩緯》以六風分配六月，猶《帝謨》（廖平謂古本《尚書》以《帝謨》爲正名。僞《尚書序》"分《帝謨》爲《皋陶謨》、《大禹謨》，以一篇分爲二篇"）六律、《禹貢》六府②、《職方》六裔③之舉半遺半，可以例推其全也。

邶、鄘、衛，班《志》："衛地，營室（即室宿。朱熹集傳："此星昏而正中，夏正十月也。於是時可以營制宮室，故謂之營室。"）、東壁（即壁宿。因在天門之東，故稱）之分墅也。"王、班《志》："周地，柳、七星（即星宿七星）、張之分墅也。"鄭，五運④。○班《志》："鄭國，今河南新鄭，本高辛氏火正祝融之虚（同"墟"，故城）也。自東井（即井宿。因在玉井之東，故稱）六度至亢六度，謂之壽星（星次名）之次，鄭之分野。"此五國者，九州合數爲五。千里之城，都城千里，其一州必六千里，或九千里，或萬里。處州之

---

① 分，《漢書·地理志》原文作"星"。
② 《書·禹貢》曰："六府孔修。"《淮南子·天文訓》："何謂六府？子午、丑未、寅申、卯酉、辰戌、巳亥是也。"廖平、黄鎔認爲《淮南子·天文訓》所謂六府與《淮南子·時則訓》六合、《周禮·夏官·職方氏》六裔、《内經》六氣相通，舉半遺半，即指外十二州。說詳《皇帝疆域圖表·職方六裔配外十二州六氣六合圖》。
③ 六裔，本指古代邊疆各部族。《周禮·夏官·職方氏》有"四夷、八蠻、七閩、九貉、五戎、六狄"之說，《秋官·象胥》簡稱"夷、蠻、閩、貉、戎、狄"。廖平、黄鎔認爲《職方氏》以"六裔包十二牧"。說詳《皇帝疆域圖表·職方六裔配外十二州六氣六合圖》。
④ 五運，指金、木、水、火、土五行的運行。《素問·五運行大論篇》："鬼臾區曰：'土主甲己，金主乙庚，水主丙辛，木主丁壬，火主戊癸。'"又《素問·天元紀大論》："五運相襲而皆治之，終朞之日，周而復始。"

中,十二支爲十二牧,在外;十干在内,爲九州、八伯也。五運甲己屬土,乙庚金,丙辛水,丁壬木,戊癸火。名曰地軸。轂、軸皆從此起例。《詩》:"青人(《毛詩》原文作"清人"。廖平《詩經經釋·六氣七十二篇》謂"'清'當作'青',同'緇'")在軸。"(《鄭風·清人》)○《考工記》:"輪輻三十以象月。"《詩》多從輪輻取譬地球,故軸象地中京師。

從中州以東四十萬里,得焦僥(yáo。今人袁珂謂"焦僥"、"靖人"均係"侏儒"之聲轉)國,出《山海經》、《楚辭》、《淮南》。人長一尺五寸也。此乃天神靈怪所出,非世間之人。

東北極有人長九寸。亦《山經》,非人。○《列子·湯問篇》:"東北極有人名曰諍人,長九尺。"據《山海經》,東海之外有小人,名曰諍人,則當以九寸爲是。

王者德化充塞,洞照(明察)八冥,八州,八極(八方極遠之地)。則鸑臻(至)。《元命苞》上:"火離(離爲八卦之一。《易·說卦》曰:"離爲火,爲日,爲電。")爲鸑。"

麟,木之精。麟爲神物。○《詩·召南·麟趾》①。《春秋漢合孳》:"歲星散爲麟。"②《演孔圖》:"麟生於火,游於中土,軒轅大角之獸。"《感精符》:"麒麟一角者,明海内共一主也。王者不刳(kū,挖剖)胎,不剖卵,則出於郊。"

大跡出雷澤,華胥(人名,傳說中伏羲氏之母)履之,生庖羲(又作"包犧",即伏羲。晉皇甫謐《帝王世紀》謂"取犧牲以供庖廚,食天下,故號曰庖犧氏"。或謂"庖"、"伏"乃一聲之轉),太昊,鄭注以爲蒼龍之精,神而非人。龍首。東方其蟲鱗,故以龍爲靈物,其相龍首。西王母,西方之精,故亦虎首,非人間之人。○《合誠圖》:"伏羲龍身牛首,渠(通"巨")肩達掖(通"腋"),山準日角(指鼻子隆起,狀如山丘;額骨凸出,狀如太陽。角指額角),蘥 huò 目(張大眼睛)珠衡(指眉間骨隆起如連珠。衡,

---

① 《麟趾》即《麟之趾》,當出自《周南》,非《召南》。
② 據《初學記》、《白孔六帖》、《太平御覽》,此引文當出自《春秋保乾圖》,非《春秋漢合孳》。

眉目之間),駿毫翁鬣(liè。指眉毛挺拔,毛髮斑斕),龍脣龜齒,長九尺有一寸,望之廣,視之專。"

顔似龍也(指額頭突起似龍。顔,額頭)。《元命苞》:"伏羲大目,山準,龍顔。"

大電光繞北斗樞星,《運斗樞》:"斗,第一天樞。"照郊野,感附寶(傳說中黃帝之母曰附寶)而生黃帝。《合誠圖》:"黃帝冠黃文(花紋)","黃帝德冠帝位","黃帝布迹(施政),必稽(計)功務德①"。《元命苞》:"黃帝龍顔,得天庭陽,上法中(應)宿,取象文昌,戴天履陰,乘教②制剛(制定綱紀)。"

瑤光《運斗樞》:"斗,第七瑤光。"如蜺(同"霓",虹的一種,又稱副虹)貫月,正白,感女樞(傳說中顓頊之母曰女樞),生顓頊(zhuān xū,五帝之一,號高陽氏。傳說中黃帝之孫、昌意之子,生於若水,居於帝丘)。《元命苞》:"顓頊併幹(指肋骨相連),上法月,參(宋均注:"水精主月,參、伐主斬刈。"參、伐均爲星名),集威成紀,以理陰陽。"

慶都(傳說中帝嚳次妃,帝堯之母)與赤龍合婚,生赤帝《合誠圖》:"赤帝之爲人,視之豐(高大),長八尺七寸。豐下兑上(指面部下寬上尖。兑,同"銳"),龍顔日角,八采(指眉有八彩之色)三眸,鳥庭荷勝(意謂印堂突出類鳥,且堪承荷。庭即天庭,指兩眉之間或印堂),琦表射出(具體語義不詳,清皮錫瑞謂"即上所云龍顔、日角之類"),握嘉履翼(指手有嘉文,足履翼宿),竅息洞通(義同《淮南子·修務訓》"九竅通洞",高誘注謂"洞達聖道也")。赤帝體爲朱鳥,其表龍顔,多黑子。赤帝之精生於翼下。"伊祁(《帝王世紀》謂帝堯姓伊祁,名放勛),堯也。《感精符》:"堯,翼星之精,在南方,其色赤。"

握登(傳說中帝舜之母)見大虹,意感而生舜於姚墟。《感

---

① 據南朝梁蕭統《文選·任昉〈奉答勅示七夕詩啓〉》李善注引文,"德"當作"法"。
② 據宋李昉等《太平御覽·皇王部》引文,"乘教"當爲"秉數"之形訛。

精符》:"舜,斗星之精,在中央,其色黃。"

契(xiè,傳說中商的祖先,帝嚳之子。佐禹治水有功,任爲司徒,封於商,賜姓子氏)**母有娀**(sōng。有娀即簡狄。傳說中帝嚳次妃,以其國名"娀"爲號)**浴於玄丘之水,睇**(dì,視)**玄鳥銜卵過而墮之,契母得而吞之,遂生契。**《詩・商頌》:"天命玄鳥,降而生商。"(《商頌・玄鳥》)

湯母扶都見白氣貫月,意感黑帝而生湯。《感精符》:"湯,虛星之精,生北方,其色黑。"《元命苞》:"在①湯臂四肘,是謂神剛,象月推移,以綏(安撫)四方。"

后稷母姜嫄(yuán。帝嚳元妃)**出見大人蹟而履踐之,知於身**(意謂感知自己懷有身孕),《元命苞》:"孔子曰:扶桑(神木名)者,日所出,房(房宿)所立,其耀盛。蒼神(即蒼帝或青帝)用事,精感姜嫄,卦得震(八卦之一。《易・說卦》:"萬物出乎震,震,東方也。"),震者動而光,故知周蒼,代殷者爲姬昌。"**生后稷。**《元命苞》上:"后稷岐頤(岐,同"歧"。頤,下巴。岐頤指下巴呈兩旁分開之狀),是謂好農。蓋象角、亢,載土食穀。"○《詩》:"厥(其)初生民(生育周民),時(是,此)維姜嫄。生民如何?克(能)禋 yīn 克祀(禋祀,古代祭祀上帝的一種禮儀。《周禮・春官・大宗伯》鄭玄注:"禋之言煙,周人尚臭,煙,氣之臭聞者。積柴實牲體焉,或有玉帛,燔燎而升煙,所以報陽也。"),以弗(通"祓"fú,除災求福之祭)無子,履帝武敏歆(句謂踐踏上帝足跡而欣然有所感應。武,足跡。敏,通"拇",指足大趾)。攸介攸止(攸,語助詞。本句解釋說法不一。清馬瑞辰《毛詩傳箋通釋》:"介之言界,謂別居也;止,即處也。"),載(語助詞)震(通"娠",懷孕)載夙(通"肅",指生活肅敬),載生載育,時維后稷。"(《大雅・生民》)

太任(傳說中摯任氏之中女,王季之妃,周文王之母)**夢長人感己,生文王。**《元命苞》:"文王龍顏,柔肩(宋均注:"柔肩,言象龍膺曲起。"按,膺指胸),望羊(遠視貌,形容眼光遠大)。"又:"姬昌,蒼帝之精,位在房、心。"《感精符》:"文王,房、心之精,在東方,其色青。"又:"孔子案(通

---

① 據《藝文類聚》、《太平御覽》引文,"在"字衍。

"按",考查)録書(猶圖録,圖讖符命之書),含觀(品味觀察)五帝①英人,知姬昌爲蒼帝精。"○《詩》:"摯仲氏任,自彼殷商,來嫁於周,曰嬪(指做媳婦)於京(京師)。乃及王季,維德之行。太任有身,生此文王。"(《大雅·大明》)又:"思(語助詞)齊(同"齋",端莊)大(同"太")任,文王之母。"(《大雅·思齊》)

聖人受命必順斗,張握命圖授漢寶。

聖人謂高祖(指漢高祖劉邦)也。受天命而生,必順璇衡(即《尚書·舜典》"在璿璣玉衡,以齊七政"之意,見前注)法。故張良受兵鈐(qián,兵法)之圖,命以授漢,爲珍寶也。

補遺

《含神霧》曰:四方蠻貊(mò。蠻貊本指南蠻、北狄,後泛指四方少數民族),制作器物,多與中國反,《王制》:"廣谷大川異制,民生其間者異俗,剛柔、輕重、遲速異齊(同"劑",份量),五味(鄭玄注:"五味,酸、苦、辛、鹹、甘也。")異和,器械異制,衣服異宜。"○書則橫行,《史記·大宛 yuān 傳》:"安息(即帕提亞王國,西亞古國名)以銀爲錢,錢如其王面,畫革旁行,以爲書記。"《索隱》引韋昭云:"外夷書皆旁行,不直下也。"此可見結繩字母之遺跡。食則合和,牀(一本作"伏牀")則交脚,鼓則細腰(意謂使用腰鼓),如此類甚衆。《王制》:"五方之民,各有性也,不可推移。"中國之所效者,貂蟬(貂尾和附蟬,古代爲侍中、常侍等貴近之臣的冠飾)、胡服、胡飯。

天下和同,《書經》"四方民大和會"(《書·康誥》)、"和恆四方民

---

① 據《太平御覽》引文,"五帝"當作"五常"。五常指金、木、水、火、土五行。

(語出《書·洛誥》。孔穎達疏："和協民心，使常行善。")，是之謂大同。天瑞降，地符興。

歲星《天官書》歲星："曰東方木，主春，日甲乙。義失者，罰出歲星。"無光，進退無常，此仁道失類之應。

填星《天官書》："填星之位曰中央土，主季夏，日戊己，黃龍①，主德。"暈，此奢侈不節，王政之失。

大角，《元命苞》下："大角爲坐（宋均注："坐，帝坐也。"坐，通"座"）候（守候）。"一曰："大角爲帝席，以布坤厚德。"一曰："大角者，天王帝庭也。"一曰帝筵，《含文嘉》："師者，所以教人爲君也；長者，所以教人爲長也。大角爲帝筵，攝提六星（屬亢宿，分爲左攝提、右攝提）攜紀綱以輔，大角有師長象也。"②成統理。

《小雅》譏己得失，己爲東心（東方心宿），爲地中，京師政有得失。及之於上上指天。也。上合天道。

風后，黃帝師。《春秋內事》："黃帝師於風后。"風后善於伏羲之道，故推衍陰陽之事。

齊數好道，《詩》："魯道（自齊適魯之道）有蕩（平坦），齊子翱翔（徘徊遊蕩）。"（《齊風·載驅》）《論語》："齊一變至於魯。"（《論語·雍也》）廢義簡禮。

君子悉心研慮，推變見事也。

詩者，持也。《說題辭》："詩者，天文之精，星辰之度，人心之操也。"按，操者持也，操持於心。"思慮爲志，故曰詩言志。"（《說題辭》）

以手維持，則承奉之義。

---

① 據《史記·天官書》原文，"黃龍"當作"黃帝"。
② 據《唐開元占經·石氏中官占·攝提占》，此引文爲《禮含文嘉》宋均注。

《詩》三百五篇。

《頌》者，王道太平，功成治定而作也。

水東注《詩》："豐水（即今陝西西安灃河）東注。"（《大雅·文王有聲》）無底之谷。《列子·湯問》："革（jí，湯大夫。《莊子·逍遥遊》作"棘"。革與棘，古代同聲通用）曰：'渤海之東不知幾億萬里，有大壑焉，實維無底之谷。其下無底，名曰歸墟。八統①九野之水，天漢之流，（晉張湛注："八紘，八極也；九野，天之八方中央也。世傳天河與海通。"）莫不經之，而無增無減焉。'"

《氾歷樞》曰："候（節候，時令）及東，次氣發，雞泄三號《齊風》："雞既鳴矣。"（《齊風·雞鳴》）《鄭風》："女曰雞鳴。"（《鄭風·女曰雞鳴》）《風雨》篇三言雞鳴。冰始泮（通"判"，分散，融化），《詩》："迨冰未泮。"（《邶風·匏有苦葉》）卒於丑，以成歲。"《四牡》在寅，爲木始；左旋，至丑而終。

及東，及於寅也。承丑之季，故謂之次氣也。雞爲畜陽（儲積陽氣）也，丑之季向晨鳴，雞得其氣，感之而喜，故鳴也。

附《豳詩·七月》合於《素問》五運六氣

五運	六氣、六合	
一之日 乙庚	五月 午	仲夏與仲冬子合
二之日 丙辛	六月 未	季夏與季冬丑合
三之日 丁壬	七月 申	孟秋與孟春寅合
四之日 戊癸	八月 酉	仲秋與仲春卯合

---

① 據《列子·湯問》原文，"八統"當作"八紘"，即八極，八方極遠之地。

王如皇極①,　　　　九月戌　　季秋與季春辰合
不見甲已,　　　　十月亥　　孟冬與孟夏巳合
化土居中。

---

① 皇極,帝王統治天下的准則,即所謂大中至正之道。典出《書·洪範》:"五、皇極:皇建其有極。"

《詩緯》搜遺

春秋緯·文耀鈎①

緣天地之所雜,《韓詩外傳》:"《關雎》之事大矣哉！馮 píng 馮翊翊(衆盛貌),'自西自東,自南自北,無思不服'(《大雅·文王有聲》)。子其勉强之,思服之。天地之間,生民之屬,王道之原,不外此矣。子夏喟然歎曰:'大哉《關雎》,乃天地之基也。'"樂爲之文典。《論語》:"子曰:'吾自衛反魯,然後樂正,《雅》、《頌》各得其所。'"(《論語·子罕》)文王之時,民樂其興師征伐,《詩·皇矣》,伐密伐崇。而詩人稱其武功。《詩》:"文王受命,有此武功。既伐於崇,作邑於豐。文王烝哉。"(《大雅·文王有聲》)

説題辭

詩者,天文之精,星辰之度,十五國上應天宿,大小《雅》五際合於五星、十二辰。人心之操也。操者持也,故《含神霧》曰:"詩者,持也。"在事爲詩,寄托往事,以爲比興。未發《中庸》:"喜、怒、哀、樂之未

---

① 據晉司馬彪《續漢書·祭祀志》注引蔡邕《表志》,下段引文出《春秋元命苞》,非《春秋文耀鈎》。

發,謂之中。"爲謀,《小雅‧旻天》多言謀。恬淡爲心,思慮爲志,在心爲志,志主思慮,思出於腦。故詩之爲言志也。《書‧帝典》(參皮錫瑞《經學歷史》:"伏生傳《尚書》止有《堯典》,而《舜典》即在内;蓋二帝合爲一書,故《大學》稱《帝典》。"):"詩言志。"《樂記》:"詩,言其志也。"

鉤命訣①

性者,生之質。若木性則仁,《翼奉傳》(即《漢書‧翼奉傳》)注:"肝性靜,靜行仁,甲已主之。"金性則義,"肺性堅,堅行義,乙庚主之。"火性則禮,"心性躁,躁行禮,丙辛主之。"水性則智,"腎性敬,敬行智,丁壬主之。"土性則信。"脾性力,力行信,戊癸主之。"情者既有知,《翼奉傳》:"詩之爲學,性情而已。五性不相害,六情更興廢。觀性以曆(日曆),觀情以律(十二律)。"《五行大義》(隋蕭吉撰,共五卷,是中國現存重要的術數古籍之一):"五性在人爲性,六律在人爲情。性者,仁、義、禮、智、信也。情者,喜、怒、哀、樂、好、惡也。五性處内御陽,喻收五藏(同"臟");六情處外御陰,喻收六體(人的頭、身和四肢)。故情勝性則亂,性勝情則治。性自内出,情自外來。情性之交,間不容髮②。"故有喜、怒、哀、樂、好、惡。《翼奉傳》:"北方之情,好也;好行貪狼,申子主之。東方之情,怒也;怒行陰賊,亥卯主之。南方之情,惡也;惡行廉貞,寅午主之。西方之情,喜也;喜行寬大,巳酉主之。上方之情,樂也;樂行姦邪,辰未主之。下方之情,哀也;哀行公正,戌丑主之。辰未屬陰,戌丑屬陽,萬物各以其類應。"

運斗樞

遠《雅》、《頌》,著倡優,《論語》:"惡鄭聲之亂雅樂也。"(《論

---
① 據孔穎達《禮記‧王制正義》,下段引文出《孝經說》,或謂《孝經鉤命訣》。
② 據《五行大義‧論性情》原文,"髮"當作"系"。

語·陽貨》)《雅》、《頌》爲全《詩》之歸宿,得天地之中和,不宜以邪說解《詩》。則玉衡不明,聖道不光。菖蒲(草名。多年生水生草本,有香氣,根莖可入藥)冠guàn環(覆蓋環繞),雄雞五足,李生瓜。後世誤解《詩》旨者,猶物之反常爲妖。

孝經緯·援神契

上通無莫。《詩》云:"上天之載(行事),無聲無臭(xiù,氣味)。"(《大雅·文王》)

言人之精靈所感,上通於寂寞。

禮緯·斗威儀

王者讀作"皇者"。得其根核,核讀作"荄",喻地中京師。○《左傳》:"葛藟(lěi。今人楊伯峻謂葛藟爲一物,亦單名藟,屬葡萄科,爲自生之蔓性植物)猶能庇其根本。"(《左傳》文公七年)帝者得其英華,四帝均分天下無餘地,猶英華之盡發。《詩》以木喻天下一統之世,當云帝者得其幹。○《詩》"皇皇(猶煌煌,色彩鮮明貌)者華(古"花"字。下同)"、"常棣(又稱棠棣、唐棣。屬薔薇科,落葉小灌木。果實像李子而較小,花有紅白兩種)之華"、"白華"、"苕(又稱陵苕、凌霄。屬紫葳科紫葳屬,落葉攀緣蔓性木本。花冠略成唇形,秋天開赤黃色花)之華"。霸者得其附枝。上當有"王者得其枝"一句。○按,《詩》以樛(jiū,鄭玄箋:"木下曲曰樛。"廖平謂"周"、"樛"同音)木喻周公,喬木喻召公(廖平謂"召"、"喬"同音),灌木喻京城,條肄(再生的樹枝。《周南·汝墳》:"遵彼汝墳,伐其條肄。"毛亨傳:"肄,餘也。斬而復生曰肄。")喻王後,皆從樹木起例。故《雅》曰"枝葉未有害,本實先撥(斷絕)"(《小雅·蕩》),以爲譬喻。

樂緯·動聲儀

詩人作《詩》之人,指孔子。感而後思,哲學思想。思而後積,由近及遠,由小推大,由卑及高,由地及天。積而後滿,天地六合,理想周至,充滿於心。滿而後作。《孟子》:"王者之迹熄而《詩》作。"《史記·年表》:"周道缺,詩人本之衽席,《關雎》作。"《儒林傳》(指《史記·儒林列傳》):"周室衰而《關雎》作。"皆謂孔子作《詩》。言之不足,《詩》爲天學,言語不足形容。故嗟歎之;始而歎其高遠。嗟歎之不足,故詠歌之;繼而贊其美大。詠歌之不足,《論語》:"天不可階而升。"(《論語·子張》)不知手之舞之、足之蹈之説同《樂記》、《孟子》。也。"仰之彌高,鑽之彌堅。瞻之在前,忽焉在後。欲罷不能,雖欲從之,莫由也已。"(《論語·子罕》)

召伯,賢者也,明不能與聖人分職,常戰慄恐懼,故舍於樹下而聽斷焉。(參《毛詩序》:"《甘棠》,美召伯也。召伯之教,明於南國。"鄭箋:"召伯,姬姓,名奭。食采於召,作上公,爲二伯,後封于燕。此美其爲伯之功,故言'伯'云。")勞身苦體,然後乃與聖人齊。賢者爲其易,聖人爲其難。是以《周南》無美,而《召南》有之。

以《雅》治人,《小雅》五際,《大雅》五際,氣交(指天地二氣交合)之中,人之居也;氣交之分,人氣從之。《風》成於《頌》。《含神霧》:"《頌》者,王道太平,功成治定而作也。"有周(周代。有,詞頭,常用於國名、族名、物名前。清人王引之曰:"有,語助也。一字不成詞,則加'有'字以配之")之盛,成康之間,郊配《孝經》:"周公郊祀后稷以配天。"(《孝經·聖治章》)封禪,《左傳》:"山岳則配天,物莫能兩大。"(《左傳》莊公二十二年)皆可見也。

黃帝首舉黃帝,與《大戴》同。(詳《大戴禮記·五帝德》)蓋以中統四方爲五天帝。之樂曰《咸池》,顓頊下數至禹,與《大戴》同,爲五人帝。曰《五莖》,帝嚳曰《六英》,堯曰《大章》,舜曰《簫韶》,禹曰《大夏》，殷殷、周但稱國號，與上文稱帝號者不同例。曰《大濩hù》，周曰《勺（同"酌"）》，又曰《大武》。《周頌·大武》之詩。

池音施，道施於民，故曰《咸池》。道有根莖，故曰《五莖》。《御覽》作《六莖》。皇法天，天以六節，故用六相①，建都地中，以爲根莖。道有華英，《斗威儀》："帝者得其華英。"故有《六《御覽》作"五"。英》。地以五制，故帝有五。帝據地五極，盡發英華。五龍爲《五莖》者，能爲五行之道，立根本也。五行分中央戊己則爲六，六相合天地二官則爲五。《六英》能爲天地四時上下四旁爲六宗。《大戴》：六官、六辔。（《大戴禮記·盛德》："是故天子，御者；太史、内史，左右手也；六官，亦六辔也。"）六合外十二州，説見《淮南》。之道，發其菁華也。五帝分方，歸於一統，則皇道也。堯時仁義大行，法度章明，故曰《大章》。韶，繼也；舜繼堯之後，循行其道，故曰《簫韶》。禹承二帝之後，道重太平，故曰《大夏》。湯承衰而起，濩先王之道，故曰《大濩》。濩音護。周成衰而起，斟酌文武之道，故曰《勺》、《武》、《象》。象，伐時用干戈也。（鄭玄曰："象舞，象用兵時刺伐之舞，武王制焉。"）

樂曰移風易俗。十五國之風俗。○班《志》："凡民函（含）五常之性，而其剛柔緩急，音聲不同，繫水土之風氣，故謂之風。好惡取舍，動静亡常，隨君上之情欲，故謂之俗。孔子曰：'移風易俗，莫善於樂。'言聖王在上，統理人倫，必移其本而易其末，此混同天下，壹之虖（同"乎"）中和，然後王教

---

① 六相，指天地四時之官。《管子·五行》云："昔者黃帝得蚩尤而明於天道，得大常而察於地利，得奢龍而辯於東方，得祝融而辯於南方，得大封而辯於西方，得后土而辯於北方。黃帝得六相而天地治，神明至。"

成也。"所謂聲俗者,若楚二《南》漢廣、江渚即楚地。聲高,齊聲下;所謂事俗者,若齊俗奢,班《志》:"初太公治齊,修道術,尊賢智,賞有功,故至今其土多好經術,矜(jīn,崇尚)功名,舒緩濶(同"闊")達而足智,其失夸奢。"陳利巫也。班《志》:"陳本太昊之虛,周武王封舜後媯 guī 滿於陳(今河南淮陽),妻以元女(長女)太姬。婦人尊貴,好祭祀,周①史巫,故其俗巫鬼。"

樂緯·稽耀嘉

先魯登魯於《頌》,所謂王魯。後殷,《商頌》殿末。新周《周南》、《周頌》。故宋。振鷺、白馬、白駒之客。② 殷湯《商頌》寄託於殷湯。改制改革時制,更立新經。易正,行夏之時,用夏正。蕩滌故俗。孔經以前無可取法,舊染污俗,概予滌除。

---

① 據《漢書·地理志》原文,"周"當作"用"。
② 振鷺、白馬、白駒之客,指《詩經》所載朝見周王的夏、殷二王之後。《周頌·振鷺》:"振鷺于飛,于彼西雝。我客戾止,亦有斯容。"《毛詩序》:"《振鷺》,二王之後來助祭也。"鄭箋:"二王,夏、殷也。其後,杞也,宋也。"《周頌·有客》:"有客有客,亦白其馬。"《毛詩序》:"《有客》,微子來見祖廟也。"鄭箋:"成王既黜殷命,殺武庚,命微子代殷後。既受命,來朝而見也。"《小雅·白駒》:"皎皎白駒,食我場苗。……所謂伊人,於焉嘉客。"明周忠胤《詩傳闡》云:"《白駒》,餞箕子也。"清王闓運《詩經補箋》則認爲詩中的伊人、嘉客,"蓋宋大夫入王朝者"。

詩學質疑

釋風 風，即乘雲御風之風。《論語》"風乎舞雩(yú。南朝梁皇侃義疏："舞雩，請雨之壇處也。請雨祭謂之雩。祭而巫舞，故謂爲舞雩也。")，詠而歸"(《論語·先進》)，即乘風而歸。

《邶風》二十篇證

首五篇五帝，如《大學》"平天下"章五引《書》，如《顧命》以下五篇。末三篇爲三皇(古代傳説中的三個帝王。説法不一，或指天皇、地皇、泰皇，或指伏羲、燧人、神農，等等)。如《大學》三五引《詩》，又如三《頌》之三統①。

北《柏舟》

中《綠衣》黃　　　　　天《静女》

南《燕燕》　　　　　　泰《二子乘舟》

---

① 三統又稱三正，西漢董仲舒等今文經師提出的一種歷史循環論。指夏、商、周三代的正朔統緒。夏正建寅尚黑爲人統，商正建丑尚白爲地統，周正建子尚赤爲天統。繼周之後的朝代又用夏正，如此循環不已。廖平對三統説進行了改造和發揮，認爲三統本於三《頌》，并有大小之分：小三統之夏、殷、周三王，分別爲黑統(北)、白統(中)、赤統(南)，係小康循環之法；大三統之夏、殷、周，爲天、地、人三皇，分別爲青統(東)、素統(西)、黄統(中)，係大同循環之法。

東《日月》　　　　　　地《新臺》

西《終風》《韓詩》："《終風》，西風也。"在《凱風》前二篇。"終風且讀作"雎鳩"之"且"。""鳲鳩"亦作"尸"，即從行司馬雎鳩。暴"。即"伊誰云從(意謂他聽從誰的話)？惟暴(暴公，周王卿士)之云"(《小雅·何人斯》)之"暴"字。

中十二篇四風十二諸侯。天星有十二諸侯，緯以律呂分配十二風，皆由此起例。《史記·十二諸侯年表》亦同。

南《擊鼓》　《爰居》分一篇　《凱風》
東《雄雉》　《匏 páo 葉》　《谷風》
西《式微》　《旄丘》　　　《簡兮》"西方美人"不言風，西風在前爲《終風》。
北《泉水》　《北門》　　　《北風》

《小疋(同"雅")》四風連見四篇，三《小》(指《小旻》、《小宛》、《小弁》)。從《鹿斯》分一篇。至《巷伯》爲四讒。遠佞人也。四風爲司徒，分屬四倫(指君臣、父子、兄弟、夫婦之間四種人倫關係)。從《北山》至《鼓鐘》爲四行，屬司馬。從《楚茨》至《大田》爲四農，屬司空。《瞻彼》(即《瞻彼洛矣》)、《魚藻》、《有菀 yù》(即《菀柳》)爲三京(指京周、周京、京師。説詳《詩經經釋·小頌三十三篇》)，故皆有左右。

東《谷風》此與《邶》同名。(毛傳："習習，和舒貌。東風謂之谷風。")

南《蓼莪》"南山(指終南山，屬秦嶺山脈，在今陝西省西安南)律律(高峻貌)"，"飄風(旋風，暴風)發發(bō bō，風疾貌)"，故順序爲南風。

西《小東》(即《大東》)不見風，與《簡兮》同，但言"西柄之揭(意謂南斗之柄向西高舉)"。○風前見《彼何人斯》(即《何人斯》)，與《邶·終風》同。

北《四月》"冬日烈烈(猶冽冽，寒冷貌)飄風"，故爲北風。

《何人斯》篇：在《谷風》前二篇。胡逝(之,往)我梁？天皇西方爲大梁,(《爾雅·釋天》：" 大梁,昴也。"郭璞注：" 昴,西方之宿,別名旄頭。")地上九州爲梁州(古九州之一。《尚書·禹貢》：" 華陽黑水惟梁州")。二人從行。天子出,二公從,比于且,尸二鳩。《穀梁》：仁者守,勇者從,智者慮。(參《穀梁傳》隱公二年："知者慮,義者行,仁者守,有此三者然後可以出會。"又見桓公十八年)雎鳩,司馬,勇者也。伊誰之從？惟暴之云。"終風且暴"之"暴"。其爲飄風,與《蓼莪》、《四月》同稱飄風。胡不自北,非冬日。胡不自南,非南山。胡逝我梁？除去南北,專指東西矣。下有《谷風》明文。《小東》不言風,其爲西風明矣。

《大雅·桑柔》一篇之中見四風：五事例十六章,前四章思,下十二章視、聽、言、動(《論語·顏淵》：" 子曰：'非禮勿視,非禮勿聽,非禮勿言,非禮勿動。'"),四方例。

大風有隧(道),有空大谷。(鄭箋：" 大風之行,有所從而來,必從大空谷之中。")東方谷風。進退維谷。(毛傳：" 谷,窮也。"鄭箋：" 前無明君,却迫罪役,故窮也。"孔疏：" 谷謂山谷,墜谷是窮困之義,故云谷,窮。")

大風有隧,匪(同"非")用其良。西方爲良。(《桑柔》有"自西徂東,靡所定處"句,蓋良人自西來。)

如彼遡風,亦孔(很)之僾(ài,呼吸不暢之貌)。遡風,朔北風也。如彼則爲南風,對言。

職良①善背(孔疏引三國魏王肅注曰："民之無中和,主爲薄俗,善相欺背。"毛傳：" 涼,薄也。"職,主張)。涼曰不可,覆背善詈。(清胡承珙《毛詩後箋》：" 謂我言其涼薄爲不可,彼即反背而大

---

① 據《詩經》原文,"良"當作"涼"。

詈。"詈,罵也。)"北風其良①"(《邶風·北風》),背,北也。

凡説《詩》,皆以爲《詩》無義例,亦如村塾詩鈔,隨手雜録,無先後,無照應,篇自爲篇,各爲一局,全無義例可言。故刺幽王之詩,連見四十餘篇。《黍稷》(即《王風·黍離》))或以爲衛詩,伋子所作。(按,據《魯詩》説,《黍離》爲衛公子壽閔其兄伋子而作。説參漢劉向《新序·節士》:"衛宣公子壽,閔其兄之且見害,作憂思之詩,《黍離》之詩是也。")今就"風"字一例言之,似作者不無義例可言,斷非隨手雜鈔,篇自爲局,不相連屬也。

---

① 據《詩經》原文,"良"當作"涼"。

孔子間居

孔子間居（《禮記》篇目有相對成文之例:《坊記》爲人禽之分，《表記》爲士大夫之行，《孔子燕居》（即《仲尼燕居》）爲人學，《孔子間（同"閒"）居》爲天學。互文相起，各有淺深不同。）

孔子間居（唐陸德明釋文:"退燕避人曰閒居。"）燕間，**子夏侍**。即商（卜商，子夏名）可言《詩》之義。（《論語·八佾》:"起予者商也！始可與言《詩》也矣。"）**子夏曰:"敢問《詩》云**《大學》由《書》進於《詩》；《中庸》爲"天學"，則全引《詩》，無《書》矣。'**凱弟**（同"愷悌"，和樂平易。杜預注:"愷，樂也；悌，易也。"）**君子**，《洪範》（《尚書》篇名）:"天子作民父母，爲天下王。"**民之父母'**（《大雅·泂 jiǒng 酌》），上愛民如"保赤子"（參《書·康誥》:"若保赤子，惟民其康乂。"赤子，嬰孩），則下之視君"如喪考妣（bǐ。稱已死的父母曰考妣）"（《書·堯典》），此天下一家之大例，必帝而後有此程度。**何如斯可謂'民之父母'矣？**《大學·平天下章》五引《書》爲五帝（五帝分爲五天帝和五人帝。廖平認爲，五天帝爲東方青帝、南方赤帝、中央黃帝、西方白帝、北方黑帝，五人帝爲顓頊、帝嚳、堯、舜、禹），三引《詩》爲三皇，首爲泰皇，引"樂（快樂）只（語助詞）君子，民之父母"（《小雅·南山有臺》）。此謂"凱弟君子，民之父母"，與《大學》同。**孔子曰:"夫'民之父母'乎，必達於禮樂之原**，說詳禮書、樂志。**以致五至**，《五帝德》（《大戴禮記》篇名）每帝各言四至，合爲五至五極。**而行三無**，人學爲有，天學爲無，上中下三才爲三無。**以橫**（施行）**於天下**，上下和睦。**四方有敗**（災禍），"光被（覆蓋）四表（四方極荒遠之地）"（《書·堯典》）。**必先知之**。先知即前知，《易》曰"先天而天弗違

(《易·乾·文言》)。**此之謂'民之父母'矣。"**《大學》獨見獨聞。○《詩》天下一家,以皇爲祖,所謂"先祖是皇"、"皇矣"。上帝以二帝爲父母,所謂羲、和、重、黎(古代傳說中人物,司天地之官。《國語·楚語》載:"顓頊受之,乃命南正重司天以屬神,命火正黎司地以屬民。"羲、和爲重、黎之後。東漢馬融謂"羲氏掌天官,和氏掌地官,四子掌四時")。《周南》以黃鳥爲皇祖,雎、鳩二公爲父母。《詩》以周、召當之,即本經樛木、喬木。《莊子》所謂蜩(tiáo,蟬)與鷽xué鳩(小鳩)即周、召,二蟲(按,鳥類稱爲羽蟲,故鷽鳩亦可稱爲蟲)即二公。以八伯爲八才子,十二牧爲十二女,所謂公子、公姓、公族;伯牧之佐,如春秋齊晉者,則爲公孫。"宜爾子孫"(《周南·螽斯》),對祖、父言,一言"歸寧父母"(回娘家探望父母。語出《周南·葛覃》),一云"父母孔(很)邇(近)"(《周南·汝墳》)。此《周南》一篇之大例,全《詩》皆通者也。

《表記》:《詩》:"凱弟君子,民之父母。"凱以強教(清孫希旦《禮記集解》:"強教,謂強勸而教訓之。")之、弟以悅安(孫希旦集解:"悅安,謂和悅而安定之。")之。樂而無荒(荒淫),有禮而親(親切),威莊而安(平和),孝慈而敬,使民有父之尊,有母之親。如此而後可爲民之父矣,非至德其孰能如此乎? 今父之親子也,親賢而下(下賤,輕視)無能;母之親子也,賢則親之,無能則憐之。母親而不尊,父尊而不親。水之於民也,親而不尊,火尊而不親;土之於民也,親而不尊,天尊而不親;命(國君的政令)之於民也,親而不尊,鬼尊而不親。

子夏曰:"'民民,指諸侯,所謂三十六、七十二(廖平《周禮訂本略注》謂《月令》有七十二侯,《淮南》有三十六民之說),非小民。之父母'己爲母十干(司馬遷《史記·律書》稱十天干爲"十母",十二地支爲"十二子")中之婦人(即陰干),父有甲己(《內經·素問》云:"甲己之歲,土運統之。"又據隋蕭吉《五行大義》載,甲己之數爲九,甲與己合,甲爲夫,己爲妻)、戊己(《月令》云季夏之月"中央土,其日戊己"。廖平、黃鎔《皇帝疆域圖表》云:"顧日干月枝既足以綜括天地,而樞機之發全在於中央戊己。"又云:"己爲陰干,與戊相合,如婦從夫。")二法。《論語》"克己復禮",云"克己",即所謂"甲己"。既得而聞之矣,二公爲父母,與《尚書》同。敢問何謂五至?"至即《中庸》三"及其至也"(至於道的最高境界)。帝學由人企(企及)天,亦爲至人(大德之人)。孔子曰:"志(心意)之所至,《詩》説"在心爲志"(《毛詩大序》)。《詩》亦至焉。《詩》説"發言爲詩"(《毛詩大序》)。《詩》之所至,禮亦至焉;禮者,體也。(《禮記·禮器》云:"禮也者,猶體也。")三才説(儒家關於天道、人道、地道的學説):人在中,爲禮。禮之所至,樂亦至焉;《詩》説:戌丑爲上方,其情樂,樂爲上天。①樂之所至,哀亦至焉。《詩》説:辰未爲下方,其情哀,哀爲下地。哀樂相生,上下相通。是故正明目而視之,不以目視,凡人所不視。不可得而見也;無聲無色,《中庸》"君子之所不可及(企及)者,其爲人之所不見乎"。傾耳肉耳。而聽之,不以耳聽。不可得而聞也。不見不聞,道家之所謂"恍惚"(《道德經》第二十一章:"道之爲物,惟恍惟惚。")、"幽冥"(《淮南子·説山訓》:"視之無形,聽之無聲,謂之幽冥。幽冥者,所以喻道而非道也。")。《韓詩外傳》"子夏問《關雎》"末段所言"天學"與此同。志氣塞乎天地。五帝各司一極,各王萬二千里。此之謂五至。"《内經》"天地之間,六合之内不離乎五"(《内經·靈樞·陰陽二十五人》,又見《靈樞·通天》),又云"天以六節,地以五制"(《内經·素問·天元紀大論篇》)。凡五皆爲六合以内之事。

　　《内經·上古天真論》:黄帝曰:"余聞上古有真人者,提挈天地,把握陰陽,呼吸精氣,獨立守神(養護

---

① 此處及後文廖注中方位所配地支疑有誤。見《漢書·翼奉傳》載翼奉上封事曰:"上方之情,樂也;樂行奸邪,辰未主之。下方之情,哀也;哀行公正,戌丑主之。"

精神），肌肉若一（謂形體不壞），故能壽敝（盡）天地，無有終時，此其道生。中古之時，有至人者，淳德全道，和於陰陽，調於四時，去世離俗，積精全神，遊行天地之間，視聽八達（遠達八荒）之外，此蓋益其壽命而強者也，亦歸於真人。"此爲《易》、《詩》師說（指先師之舊說），《楚辭》全祖（效法）之。

子夏曰："五至五帝有天人之分。既得而聞之矣，志、《詩》、禮、哀、樂爲五至，以配五帝。"在心爲志，發言爲詩"，以屬南北二帝，南言北志，即"腎藏志"（《素問·宣明五氣篇》）。樂在東方，爲緇（黑色）衣，吉服；哀在西方，爲素衣，凶服；禮在中央，爲黃衣，齊（zhāi，同"齋"）服；《詩》如二伯、三統，如三皇。《月令》五色（青、朱、黃、白、黑五色）衣服，《論語》取素、素①、黃而不用紅、紫、紺（gàn，青赤色）、緅（zōu，絳色）。② 敢問何謂三無？"三皇，如天之三垣。孔子曰："無聲之樂，人所不聞，至人聞之，爲天樂。無體之禮，無服之喪，凶服五（凶服即喪服。據《周禮·春官·司服》及《儀禮·喪服傳》，凶服指斬衰、齊衰、大功、小功、緦麻五種）爲哀，吉服五（祭祀時所穿之服爲吉服。據《周禮·春官·司服》，吉服指袞冕、鷩冕、毳冕、希冕、玄冕五種）爲樂，齊服五（參廖平《知聖續篇》："齊服有吉有凶，兼用二服，故《司服》齊服有玄端、素端，玄端吉服，素端凶服。大抵中央以朝服三服居中，左取玄端，右取素端。"）爲禮。《主言篇》"喪"作"賞"（詳下段引文）。此之謂三無。"《中庸》所謂"無聲無臭"，"不言而信"，"不怒而民威（畏）於鈇鉞（fū yuè，斫刀和大斧，泛指刑戮）"，"無爲而成"。○人學爲有體之禮、有聲之樂、有服之喪。天學乃變有爲無，亦如《列》、《莊》、釋書之貴無而賤有。然所謂無非真無，別有真耳真目，如《內經·上古天真論》

---

① 據下文按語及廖平《知聖續篇》，"素"當作"青"。
② 《論語·鄉黨》："君子不以紺緅飾，紅紫不以爲褻服。廖平《知聖續篇》云："《論語》紺緅不飾、紅紫不服，即不取黑赤二極之義。"又云："素、青、黃即東、西、中，《論語》所謂'緇衣羔裘，素衣麑裘，黃衣狐裘'是也。"

之遠視遠聽。所謂神游是乃大有，非真無。其言有無，亦對庸耳俗目言之耳。

《大戴・主言》：孔子曰："七教（敬老、順齒、樂施、親賢、好德、惡貪、廉讓七種道德規範）備焉，可以守（自保）；三至行焉，可以征（對外征伐）。"曾子曰："何謂三至？"孔子曰："至禮不讓（謙讓）而天下治，至賞不費（消耗）而天下之士說（同"悦"，喜悦），至樂無聲而天下之民和。明王篤行三至，故天下之君可得而知（結交）也，天下之士可得而臣（以之爲臣）也，天下之民可得而用也。"

按，三無、三至，皆從前"五至"中去二取三，與《論語》素、青、黃同。三無爲天學，三至、五至皆爲人學，此天人之分。

子夏曰："三無既得略而聞之矣，五爲帝，三爲皇。敢問何詩近之？"于《詩》求"三無"。《詩》言天道，鳶飛魚逃（《大雅・旱麓》："鳶飛戾天，魚躍于淵。"躍，廖平謂係古"逃"字），如《楚詞・遠游》。孔子曰：此即三垣之説。人間有三五，天上亦然，如人間三合（陰氣、陽氣、天氣相合），天星三垣，人間四岳（東西南北四岳），天星四宮（東宮蒼龍，南宮朱雀，西宮白虎，北宮玄武），人帝有五，天星更別有五帝座。"'夙夜其（同"基"，謀慮）命（政令）宥密（寬仁而安定。宥，寬。密，寧）'（《周頌・昊天有成命》），《周頌》，上樂。無聲之樂也；天上之天樂，如黃帝夢游華胥。（見《列子・黃帝》："晝寢而夢，遊於華胥氏之國。華胥氏之國在弇州之西，台州之北，不知斯齊國幾千萬里；蓋非舟車足力之所及，神遊而已。"）'威儀人言威儀。逮 dì 逮（嫻雅安和之貌），此乃謂中天。不可選也'，《柏舟》，中。無體之禮也；《詩・相鼠》：體，禮。（《相鼠》："相鼠有體，人而無禮。"）○"無意（同"臆"，主觀臆度），無必（絕對肯定），無固（固執成見），無我（我行我素）。"（《論語・子罕》）'凡民有喪，匍匐（爬行，引申爲盡力)救之',《谷風》,下哀。無服(無親緣關係)之喪也。"

《韓詩外傳》云:孔子抱聖人之心,彷徨乎道德之域,逍遥乎無形之鄉(境地)。按,此皆《列》《莊》真人、至人之説。倚天理,觀人情,明終始,知得失,故興仁義,厭(yàn,憎惡)勢利(權勢和財利),以持養(保持和培養)之。於時(一作"是")周室微,王道絶,諸侯力政(以武力征伐。政,通"征"),强刼(威逼)弱,衆暴(欺凌)寡。百姓靡(不)安,莫之紀綱,禮儀(一作"義")廢壞,人倫不理。於是孔子自東自西,自南自北,匍匐救之。

《史記·秦始皇本紀》云:臣等謹與博士(學官名。掌通古今史事,參與議政)議曰:"古有天皇,有地皇,有泰皇,泰皇最貴。"臣等昧(冒)死上尊號,王爲"泰皇",命爲"制",令爲"詔",天子自稱曰"朕"。王曰:"去泰著皇,采上古帝位號,號曰皇帝。他如議。"制曰:"可"。

子夏曰:"言(言論)則大(偉大)矣,真人。美矣,至人。盡①矣!神人。言盡於此而已乎?"其大至矣,又推其小,如由大千世界再詳中小世界。孔子曰:大人包小人,《詩》每一局各有五方。"何爲其然也?《列子》"無極無盡"之説。君子之服之也,《周禮·司服》吉服五、凶服五、齊服五,由五服、九服(據《周禮·夏官·職方氏》,王畿以外每五百里爲一區劃,由近及遠有侯服、甸服、男服、采服、衛服、蠻服、夷服、鎮服及藩服,稱爲九服或九畿)以推十五畿(指九服加上《大雅·板》所言藩、垣、屏、翰、寧、城六服),更由衣服以推車輻、幅員、福禄,皆《皇帝疆域考》之大例。

---

① 據《禮記·孔子閒居》原文,"盡"當作"盛"。盛,充分。

猶有五起(五層意義)焉。"《天文訓》五帝座之説是也。○人有五至,天亦有四宫二十八舍(即東西南北四宫二十八星宿)。

子夏曰:"何如?"與上"何詩近之"之義同。孔子曰:"無聲之樂,上。氣志(志氣,意志)不違;首句皆引《詩》爲證,今本同者不過其半,非逸《詩》也。古人寫經各本不同,如《公羊》(《春秋公羊傳》的簡稱)之引《秦誓》(《尚書》篇名),《墨子》之引《泰誓》(《尚書》篇名),今人讀之有不知何語。此當細考文義,以補釋之。○三言"氣志"。無體之禮,中。威儀遲遲(從容不迫);無服之喪,下。○以五(指"五至")乘五(指"五起"),則爲廿五;以三(指"三至")乘五(指"五起"),爲三五之十五。内(内心)恕(仁厚待人)孔(甚)悲。東方青龍。無聲之樂,上。氣志既得(合於理);無體之禮,中。威儀翼翼(恭敬謹慎貌);人道在中,兩言"威儀"。無服之喪,下。施(yì,移易,延伸)及四國(句謂仁愛延及四方各國)。南方朱雀。無聲之樂,上。氣志既從(順於民);無體之禮,中。上下和同(和睦同心);通天地。無服之喪,下。以畜(養畜)萬邦。中央天市(天市垣)、雲漢。無聲之樂,上。日(日益)聞四方;無體之禮,中。日就月將(日有所成,月有所進,行之不倦);兄日妹月。無服之喪,下。純德孔(甚)明。西方白帝。無聲之樂,上。氣志既起(振作);無體之禮,中。施及四海;二萬七千里爲四海。無服之喪,下。施於子孫。"北方黑帝。○此以五天五地分爲東南西北中,《地形訓》(《淮南子》篇名)五方五極。

子夏曰:"三王讀作"三皇",《尚書》之素、青、黄爲三統。之德,參(匹配)於天地。《中庸》"致中(喜怒哀樂未表現出來謂之中)和(表現出來并符合節度謂之和),天地位(謂得其正位)焉",董子說一貫(shì,借)三爲王。(《春秋繁露·王道通三》云:"古之造文者,三畫而連其中,謂之'王'。三畫者,天地與人也。")敢問何如斯可謂參天地矣?"人居天地之間,六合之内,由人以求天,如《尚書·皇篇》(又稱《尚書·皇道篇》。廖平認爲《尚書》"乃命羲和"至"鳥獸氄毛"一段隱寓皇謨、皇命,故名)。此由遠及諸遍,切於人事之説。孔子曰:以下與《主言》同。"奉(奉行)三無私猶"欽(敬)若(順)昊天,歷(推算)象(取法)日月星辰"(《尚書·堯典》)。皇帝之學,皆以法天爲主。以勞(慰勞)天下。"《爾疋》"四海"爲人間世。(《爾雅·釋地》云:"九夷、八狄、七戎、六蠻,謂之四海。")子夏曰:"敢問何謂三無私?"三統三分。孔子曰:"天王者父天。無私覆(覆蓋大地),地王者母地。無私載,日月王者兄日姊月。無私照。"《中庸》:"譬如天地之無不持載,無不覆幬(dào。覆蓋)。譬如四時之錯行,如日月之代明(更替照耀)。萬物並育而不相害,道並行而不相背,小德川流,大德敦化(仁愛敦厚,化生萬物),此天地之所以爲大也。奉斯三者,以勞天下,"聖爲天口,賢爲聖譯。"(語出東漢王符《潛夫論·考績》。意謂聖人代天説話,賢者爲聖人傳譯旨意。)此之謂三無私。法説。其在《詩》曰:以下分三統,大小相通。'帝命不違,至於湯齊。(馬瑞辰《毛詩傳箋通釋》:"詩總括相土以下諸君,謂商先君之不違天命,至湯皆齊一。")湯降不遲,聖敬(聖明恭敬的德行)日(日益)齊(通"躋"jī,升,增)。昭(光明)假(通"徦"jiǎ,至)遲遲(長久),上帝是祗(zhī,敬),上通天,"天有九野"(指九天,天之八方及中央)"(《吕氏春秋·有始》)。《穀梁》:"人之於天,以道受命;人之於人,以言受命。"(《春秋穀梁傳》莊公元年)帝命式(效法)於九圍(九州。孔穎達疏:"謂九州爲九圍者,蓋以九分天下,各爲九處,規圍然,故謂之九圍也。")。'(《商頌·長發》)下通地,地有九州。是湯之德也。《商頌》,素統天皇。

"天《淮南子·天文訓》云:"天墜(同"地")未形,馮 píng 馮翼翼,洞洞灟 zhú 灟,(東漢高誘注:"馮翼、洞灟,無形之貌。")故曰太昭①。道始於②虛霩(清虛空廓的狀態。霩,同"廓"),虛霩生宇宙,宇宙生氣③,氣④有涯垠

---

① 據王念孫《讀書雜志·淮南内篇第三》,"太昭"當作"太始"。
② 據《讀書雜志·淮南内篇第三》,"道始於"當作"太始生"。
③ 據《讀書雜志·淮南内篇第三》,"氣"前脱"元"。
④ 同上。

(邊際)。清陽者薄靡(塵埃飛揚之貌)而爲天。"有四時,即四方。春秋冬夏,東南西北。風雨霜露,《內經》:"天有四時五行,以生長收藏,以生寒暑燥濕①;人有五藏(同"臟")有②五氣,以③喜怒悲憂恐。"(《內經·素問·陰陽應象大論》)又云:"天有風雨,人有喜怒。"(《內經·靈樞經·邪客》)無非教(教化)也。董子商"主天法質而王"一段(《春秋繁露·三代改制質文》)。○《詩》之主天立教者,如《豳·七月》一篇全備四時,《雅》之《正月》、《四月》、《六月》、《十月》等篇,由之起例。其他《邶》四風象四方,又爲引用天文之大網。緯說諸國分野、律呂,大、小《雅》四始五際,凡關於天星、天運者,皆此義也。

"地《淮南子·墜形訓》云:"墜形④之所載,六合之間,四極(四方極遠之地)之内,照之以日月,經(劃分界限)之以星辰,紀(記載)之以四時,要(正)之以太歲。天地之間,九州八極。"載神氣,神氣風霆(神氣生發出風雷。北宋呂大臨認爲此四字衍),風霆流形(地以風雷流布其形),庶物露生,無非教也。清明在躬(聖人清明的德行在身),人無體之禮。氣志樂言氣志。如神。天神。耆欲(指治理天下的欲望。耆,同"嗜")將至,地以五味養人。有開必先(有神開導而必先爲之降生賢佐)。順天而行。天降時雨,上。山川下。出雲。天氣下降,地氣上騰。《内經》:"清陽爲天,濁陰爲地。地氣上爲雲,天氣下爲雨;雨出地氣,雲出天氣。"(《内經·素問·陰陽應象大論篇》)其在《詩》曰:以主天地。'嵩高(嵩山,在今河南登封)維(是)嶽,中嶽爲五山經。峻極於天。天之上有天,如雲漢是也。維嶽降神,詩人皆由星辰下降,《楚詞·招魂》之所。生甫(甫侯,周穆王賢臣)及申(申伯,周宣王賢臣)。無父而生。維申及甫,爲周之翰(通"榦",骨幹)。翰、寧、成、服等。四國於(爲)藩(藩篱,屏衛),藩、垣、屏。(六服或六畿出《大雅·板》:"价人維藩,

---

① 據《内經·素問·陰陽應象大論篇》原文,"濕"後脱"風"。
② 據《内經·素問·陰陽應象大論篇》原文,"有"當作"化"。
③ 據《内經·素問·陰陽應象大論篇》原文,"以"後脱"生"。
④ 據《讀書雜志·淮南内篇第四》,"形"字衍。

大師維垣,大邦維屏,大宗維翰,懷德維寧,宗子維城。")四方於(爲)宣。'讀作"垣"。(《大雅·崧高》)此文武(周文王、周武王)之德也。董子周"主地法文而王"一段(《春秋繁露·三代改制質文》)。〇《詩》之主地立教者,《關雎》"輾轉反側",爲地球四游古說(古人認爲大地和星辰在一年的四季中,分別向東、南、西、北四極移動,稱"四游"。詳《禮記·月令》題解孔穎達疏引《尚書緯·考靈耀》),東西南北"無思不服"(語出《大雅·文王有聲》:"鎬京辟廱,自西自東,自南自北,無思不服。"廖平《詩經天學質疑》云:"思,古與志通,詩爲志。即思服,謂入版圖。")是也。又從輪輻取譬,故"福履"(典出《周南·樛木》:"樂只君子,福履綏之。"毛傳:"履,禄;綏,安也。"黄鎔謂"福"同於"輻"、"幅"、"服","禄"同於"轂")、"福禄"、"幅員"、"百福"、"百禄"、"干禄"皆喻大球(本指大玉石,此喻指地球。典出《商頌·長發》:"受小球大球,爲下國綴旒。"),而九有(九州。典出《商頌·玄鳥》:"方命厥後,奄有九有。")、九圍合《板》詩六服,共成我服三十(語本《小雅·六月》:"我服既成,于三十里。"廖平、黄鎔《皇帝疆域圖表·考工記輪輻三十以象月圖》云"三十里謂三十輻在牙圍之裏也",自注"里讀作裏"。按,牙圍指車輪外周),無非包舉地球言之。

"三代(夏商周)之王也,必先其令聞(美好的聲譽)。《詩》云'明明(勤勉)天子,令聞不已'(《大雅·江漢》),三代之德也;'弛(寬鬆地施行)其文德,協(和協)此四國'(出處同前),太王之德也。"泰皇,《秦本紀》:"古有天皇,有地皇,有泰皇,泰皇最貴。"①

子夏蹶然(疾起貌)而起,負墻而立,曰:"弟子敢不承(指接受教導)乎!""商也!始可言《詩》也矣。"(《論語·八佾》)

分篇立解,即分治兩《戴記》凡例(廖平撰有《兩戴記分撰凡例》、《分撰兩戴記章句凡例》,載《六譯館叢書》)之説。

---

① 此引文本出自《史記·秦始皇本紀》。按,歸有光等認爲:"《秦本紀》與《始皇本紀》當合爲一,如《周紀》始后稷也。以簡帙多,始皇自爲紀。"見《歸方評點史記》,上海同文圖書館民國四年印行本。

《大學》引《詩》爲天皇、引《書》爲人帝考

《中庸》天學,全引《詩》,至數十見,不一引《書》。

  "平天下"章《周禮》:"外史掌三皇五帝之書。"
三引《詩》爲三皇。上中下。
五引《書》爲五帝。中央、四方。
 三綱領
"明德" 三引《書》,全爲人帝。
"新民" 二引《書》,終於《詩》,由人推天。
"止至善" 三引《詩》,如《孔子閒居》"三無"説。
"誠意"再引《詩》,爲天學。
 "修身"傳
"齊家"傳 一引諺,比於《書》。
"治國"傳 一引《書》,再引《詩》,分天人。
"平天下" 五引《書》,三引《詩》,分天人。

《大學》本末先後終始表

人,本、先、始。 明德、新民。 修身、齊家、治國、平天下。	天,末、後、終。 止至善,天。 知止,定、靜、安、慮、得。
經詳人學。 人學始於修身,終於平治。 修身以前,始基在《容經》①。 　小學、六藝,及《春秋》、《尚書》。	"誠意"章詳天學。 《大學》始於知止,終於至誠。 知止以後,歸極在《中庸》道家。 　《大學》止於《詩》、《易》。
知此本末、先後、終始,即爲格物致知。	

---

① 《容經》又稱《容禮》,古時專門記載儀容規範的典籍。據廖平《容經凡例》,《容經》爲《禮經》之緯,相傳爲漢初徐生所傳,其主要內容保存在賈誼《新書·容經》中。

《詩經》天學質疑

廖平 撰

[題解] 爲解答時人對以《詩》爲天學的疑惑,廖平撰寫了《詩經天學質疑》一文,就《韓詩外傳》和《論語》中所載的兩則《詩》論進行箋注,說明《詩》當"爲孔子六合以外天真至人之學"。《詩經天學質疑》刊於《國學薈編》民國三年第八期,茲據該本校注。

予以《詩》爲天學,聞者莫不疑之,先入爲主,宜其然也。惟蓄疑已久,不能自釋,畧舉大畧,以質(就正)高明,似《詩》中未嘗無此一義。

《韓詩外傳》:子夏曰:"《關雎》何以爲《國風》始也?"問《關雎》而《詩》之大綱可見。孔子曰:"《關雎》至矣乎!《中庸》三言"及其至也",至人在聖人之上,與真人同歸。夫《關雎》《淮南》"周道息而《關雎》作"①,則以《關雎》爲全《詩》之代名。之人,《離騷》主西皇(《離騷》:"詔西皇使涉予。"東漢王逸注:"西皇,帝少皞也。"按,少皞即少昊),據以鳥名官,則《詩》以少昊爲主人。(參《左傳》昭公十七年:"我高祖少皞摯之立也,鳳鳥適至,故紀於鳥,爲鳥師而鳥名。")《上古天真論》有真

---

① 此引文當出自《史記》,見《十二諸侯年表》:"周道缺,詩人本之衽席,《關雎》作。"又見《儒林列傳》:"周室衰而關雎作。"

人、至人。**仰則天**，天上有天，夢鳥戾(至)天。**俯則地**，夢魚潛淵。**幽幽冥冥**，窈窕(深邃貌)。**德之所藏**，無聲無臭，不可聞見。○凡言此者，悉道家天學説，《列》、《莊》、《老》、《楚詞》、《内經》詳矣，人學不用此等字面。**紛紛沸沸**，一作"恍恍惚惚"。**道之所行**，由隱之顯。**神龍變化**，能大能小，十八能。**斐斐文章**。"有斐(文彩，才華)君子"(《衛風·淇奥》)。《論語》："斐然成章。"(《論語·公冶長》)**大哉《關雎》之道也**，天道不輿，今古文家以《序》説《詩》之法同，今可考者有七説。**萬物**《素問》："六合之内，萬物之外"，以内九州爲萬物。**之所繫**，内九州爲五運。**羣生外二十州**。**之所懸命也**，太始太素。(《易緯·乾鑿度》："太始者，形之始也；太素者，質之始也。")**河洛**天上星辰，非人間水名。**出書圖**，天球河圖，神物。**麟鳳**關雎、黃鳥即鳳。**翔乎郊**，少昊通天，以鳥名官。**不由《關雎》之道**，顓頊以下，絶地天道。(《書·呂刑》："乃命重、黎，絶地天通，罔有降格。")**則《關雎》之事將奚由至矣哉**？《論語》："鳳鳥不至，河不出圖，吾已矣乎！"(《論語·子罕》)○本世界從未有鳳來至，古史所言皆後來事，以《進化退化表》(即廖平《世界進化退化十表》)推之，則得矣。**夫六經之策，皆歸論及之**(又作"汲汲")，由人推天。**蓋取之乎《關雎》**。《莊子》"六合之外，存而不論"(《莊子·齊物論》)，謂《詩》也；《史記》"《易》由隱以之顯"(見《史記·司馬相如列傳》。原文略異)，謂由《易》見《春秋》)。**《關雎》之事大矣哉**！大與至無同。**馮馮**《卷阿》馮翼。(《大雅·卷阿》："有馮有翼。"朱熹集傳："馮，謂可爲依者；翼，謂可爲輔者。")**翔翔**(又作"翊翊")，中宮之垣。**自東**青龍。**自西**，白虎。**自南**朱雀。**自北**，玄武。"展轉反側"(《周南·關雎》)，即四游。**無思不服**。思，古與"志"通，詩爲志。即思服，謂入版圖。天星大一統，即北辰衆共(同"拱"，拱衛，環繞)，爲天學大一統。**子其勉强之**，由人合天。**思服**"寤寐(醒與睡)思服"(《周南·關雎》)。**之。六夢以思夢爲主**。(《周禮·春官·占夢》："以日月星辰占六夢之吉凶：一曰正夢，二曰噩夢，三曰思夢，四曰寤夢，五曰喜夢，六曰懼夢。")**天地之間**，上下察，致中和,天地位育。(語出《禮記·中庸》:"致中和,天地位焉,萬物育焉。"朱熹注:"致,推而極之也。位者,安其所也。育者,遂其生也。")生民之屬,六合之內,不離乎五。王《詩》作"皇"。道之原,上下通,三才學。不外此矣。"次於《易》而大於《尚書》遠矣。子夏喟然嘆曰:"大哉《關雎》,《詩》之言大,與《春秋》、《尚書》相校(比較),《書》與《春秋》分大小,《書》三萬里,比《詩》則小,故曰"思無邪"。乃天地之基也。"星辰學、鬼神學、五始①原本於《易》。《詩》曰:"鐘鼓樂之。"(《周南·關雎》)"樂而不淫"(《論語·八佾》)。說云《春秋》深切著明,(司馬遷《史記·太史公自序》引《春秋緯》:"子曰:'我欲載之空言,不如見之於行事之深切著明也。'")即莊子《春秋》"先王之志","日切磋而不舍"(《荀子·天論》)者。《荀子》云《詩》不切,即《莊子》"六合之外,存而不論"者。或大或小,比類觀之,自得矣。

  按後世以《序》說《詩》,《關雎》一篇,今所傳古說,尚有八家,不知名者更無論矣。《外傳》所論其文,直與《列》、《莊》、《楚詞》同,則知《詩》為天學,為神游思夢、上征下浮(征,行,升。《楚辭》有"溘埃風余上征"、"掩浮雲而上征"、"將運舟而下浮兮"等句)、鳶飛魚逃,為孔子六合以外天真至人之學。故今以《列》、《莊》、《楚詞》為《詩》說,合讀三百篇,為至聖一手所成,非摭 zhí 據(摘取依據)舊作,亦非篇自為局,如後世選本。後來說《詩》者,皆有句無章,有章無完全。數十篇義例通貫,自成一家,如《春秋》、《書》、《易》之義例森嚴,可用屬 zhǔ 辭比事(連綴文辭,排比史事。典出《禮記·經解》:"屬辭比事,《春秋》教也。")之法,以通之也。

---

① 五始,指物質構成的五種變化過程。遼代希麟《續一切經音義》引《三五曆記》:"氣象未分,謂之太易;元氣始萌,謂之太初也;氣象之端,謂之太始;形變有質,謂之太素也;質形已具,謂之太極也。斯為五始也。"

子貢問曰：疑爲子夏如問《尚書》，子貢與子夏互見。"貧分貝爲貧，王之二伯。而無諂，二伯主藝，一作"義"。富合田爲富，王者小一統。而無驕王之行，一作"仁"。何如？"以上問《春秋》伯王。子曰："可也。小康。未若不如大同。貧而樂，帝爲皇之二伯，如羲和、重黎中分天下。帝主德。富而好禮者也。"皇富以其鄰，合家爲富。皇主道。○《尚書》皇、帝。子貢曰："《詩》云：以上爲人事，六合以内，二經聖人、賢人之分。以下爲天學，六合以外，二經真人、至人之事。由人悟天，由生悟死。'如《詩》爲天學，所有名物皆譒譯（猶翻譯。譒，同"播"，傳布）。凡謂"如"之類，皆以人事譯之，如《山經》之如似。切天學之伯，如日系世界。如磋，天學之王，如昴（昂）星。如琢天之帝，如四宫。如磨'（《衛風·淇奧》），天皇，如北斗、帝座。上二"如"爲《詩》説，下二"如"爲《易》説。《春秋》與《易》綰（wǎn，貫穿）始終。史公曰："《易》由隱以之顯，《春秋》推見至隱"（《史記·司馬相如列傳》），此之謂也。其斯人學二經。之謂與？"天學亦各分四等（即皇、帝、王、伯）。子曰："賜（子貢之名）也，始可與言《詩》也，矣告①。"矣同"俟"，謂俟後，俟與矣皆②。（本段正文出《論語·學而》）

---

① 據《論語》原文，"矣告"後脱"諸往而知來者"。
② 據文意，"皆"後疑有少許脱文。

《詩緯訓纂》序

廖平　撰

[題解]辛亥鼎革後,胡薇元①取《詩緯》三篇,纂集諸書及魏宋均、清陳喬樅之説,參以己意,撰成《詩緯訓纂》三卷,因請廖平作序。在此序中,廖平認爲"西漢以上説經,皆以緯爲主","緯説宜《詩》",對胡薇元撰《訓纂》,篤宗緯候,推崇有加。《詩緯訓纂序》撰於民國戊午年(1918)冬,後與《訓纂》一併收入民國刻本《玉津閣叢書甲集》中,兹據該本校注。

《莊子》引孔子自謂"繙十二經"(《莊子·天道》:"孔子西藏書於周室,……。往見聃,而老聃不許,於是繙十二經以説。"按,繙義同"潘",翻譯)當口(當即)繫"緯"字讀之。以教士,六經六緯合爲十二,六經爲其正文,六緯爲其起例,緯亦作微,即秘密之傳授。亦如奇門(術數之一。以十天干中的乙、丙、丁爲三奇,以八卦的變相"休、生、傷、杜、景、死、驚、開"爲八門,故合稱奇門)、六壬②、火珠林(術數之

---

① 胡薇元(1850-1924),字孝博,號詩舲,别號玉津居士,順天府大興(今屬北京)人。著有《玉津閣叢書》、《玉津閣文略》、《天雲樓詩》等。
② 六壬,術數之一。古人認爲五行始於水,天干中壬爲陽水,癸爲陰水,"舉陰以起陽,故稱壬焉"。六十甲子中,壬有六位,稱爲六壬。其占法一般分六十四課,用刻有干支的天盤和地盤相疊,轉動天盤後,得出所值干支、時辰的部位,據以占卜吉凶。

一。主張"卦定根源，六親爲主"，採用五行之間的生、克、刑、害、合、墓、旺、空等關係來斷卦。因其術載於唐末至宋初成書的《火珠林》中，故稱）諸術數家學者，必先詳其起例，而後能通其書，非有起例不能讀也。六經亦何獨不然？以《春秋》言，太史公爲大家，叙傳（作者自叙的傳記。此指《史記·太史公自序》）所論《春秋》諸大義，如"吾加因其事而加王心焉"（《春秋繁露·俞序》原文作："吾因其行事而加乎王心焉。"清蘇輿義證："此言聖人因衰世往事，加以明王致治之深心，是故世衰而文自治。"）之類，無一不出於緯。《繁露》、《竹林》、《玉杯》，董子（董仲舒）之書名，與義皆同於緯。西漢以上說經，皆以緯爲主，齊、魯、韓三家，《齊詩》尤爲顯著。劉歆①以後，東漢古文家別立門戶，乃專以訓詁文字，采《春秋》錄時事，專以史事立序，今之《毛序》，乃東漢初謝曼卿作。如《班志》所譏者是也。魏晉至隋唐諸儒，猶兼通内學（《後漢書》李賢注："内學謂圖讖之書也。其事秘密，故稱内。"）。自北宋俗儒乃倡言禁緯、焚緯、刪緯，視緯同妖言，非儒者所可道。緯與讖不同，讖占興亡，緯專言經義。乃撿（察看，清理）其書，凡天文、星象、曆法、物候，無一不用緯說，如"周天三百六十五度四分度之一"之類。陰用其實而陽避其名，如朱（朱熹）注、蔡傳（蔡沈《書集傳》），前人駁之已明（參《四庫全書總目提要·經部·五經總義類》"《古微書》三十六卷"條），可覆案（審查）也。

《詩緯》不以人事立序，詳四始五際。以《國風》配北斗、二十八宿，又分配十二舍（十二辰）、十二律呂，其文尚見於漢唐注疏中，此孔門相傳師說，猶存十一於千百者。攷

---

① 劉歆（？-23），字子駿，後改名秀，字穎叔，沛（今江蘇沛縣）人。繼父劉向領校秘書。王莽建立新朝後，被尊爲國師。後謀殺王莽，事泄自殺。劉歆通天文律曆，著有《三統曆譜》等。明人張溥輯有《劉子駿集》。廖平《古學考》認爲，劉歆所創古文經學，實爲迎合莽意而顛倒五經。

《詩緯》說多與《山經》、《楚辭》同，帝王卿相與稷、契，比比皆無父而生，此爲太史公以前，六經異傳之舊法。《詩》之文武，爲東西二王，絕非父子，故曰此文彼武。(《大雅·大明》："大任有身，生此文王。維此文王，小心翼翼。……有命自天，命此文王，于周于京。……涼彼武王，肆伐大商，會朝清明。")○《春秋》、《尚書》則不能用此說。《詩》爲知天，《中庸》所謂"質(徵詢)諸鬼神"，爲孔子"性與天道"。子貢初不能學《詩》，故曰"不可得而聞"。(《論語·公冶長》："子貢曰：'夫子之文章，可得而聞也；夫子之言性與天道，不可得而聞之也。'")《學而》篇始可言，(《論語·學而》："子貢曰：'《詩》云"如切如磋，如琢如磨"，其斯之謂與？'子曰：'賜也，始可與言《詩》已矣，告諸往而知來者。'")則進境也。文章可聞，爲《書》之堯舜；不可聞，爲"性與天道"，則《詩》、《易》。比之佛法，《詩》爲大乘華嚴三界諸天(指衆生輪回之欲界六天、色界十八天、無色界四天)。如"瞻彼日月"(《邶風·雄雉》)、此日彼月(《小雅·十月之交》："彼月而微，此日而微"，"彼月而食，則維其常；此日而食，于何不臧")之類是。若毛傳所言，皆屬人事，不過如佛法之戒律，所謂下乘。《史記》以前，六經異傳，亦如佛法六級。孔子之六經，各自爲一局，亦如佛法之六乘。《春秋》、《尚書》、《禮》三經之說，絕不可以推于《詩》。《春秋》三千里之帝王，萬不能留至全球，一統尚在，《春秋》與《書》亦自別。故全《詩》無一真男女，男女皆干支、中外、尊卑之代名詞。所有帝王名物亦如《山經》之配列宿，《楚辭》之各等帝王卿相亦如。《山經》、《天問》之帝王卿相，《天問》初詳天地，後有桓(指齊桓公)、文(指晉文公)、奚(指百里奚，又作百里傒。據《史記》載，百里奚本爲虞國大夫。晉滅虞後，奚被楚人所虜，秦穆公素聞其賢名，以五張羊皮贖之，並授以大夫之職)、戚(指甯戚。據《呂氏春秋》載，甯戚本爲衛人，以家貧爲人挽車，齊桓公知其賢，舉爲客卿)諸人名。名雖同於《春秋》、《尚書》，實則爲天神，《五帝德》所謂人耶非人耶。(《大戴禮記》："宰我問于孔子曰：昔者予聞諸榮伊，言黃帝三百年。請問黃帝者人邪？抑非人邪？

何以至於三百年乎?")故班孟堅(即班固,字孟堅)《藝文志》言《詩序》采《春秋》録時事,咸非《詩》之本義。(參《漢書·藝文志》:"漢興,魯申公爲《詩》訓故,而齊轅固、燕韓生皆爲之傅。或取《春秋》采雜説,咸非其本義。")此西漢家法,亦如《齊詩》專主緯候也。朱子本義由《毛詩》而推衍,變本加厲,作者非一人,每篇立序,盡廢古説,創諸臆斷,立意與緯説相反,淫詞綺語,連篇累牘。如《子衿》、《風雨》(皆《鄭風》篇名),先有淫志,故所見無非淫詞,所謂胸中不潔,乃欲污涬太清(天道)。毛西河①《北②鷺洲問答》(全稱爲《白鷺洲主客説詩》,收入《西河合集》),嬉笑怒駡,雖傷乎道,空穴來風,實由自取。大抵宋人師心自用(以心爲師,自以爲是),猖狂滅裂,成爲宗派,若欲祖述《詩緯》,推衍翼翼③,其途至苦,不如循毛序軌塗,可以別參新説,并可以得創作之名。畏難取巧,以致如此,其罪不在國師公(指劉歆)顛倒五經下。

十三經注疏中,惟《公羊》多用緯説,獨存先秦、西漢舊法,學海、江陰兩《經解》(即《皇清經解》、《續皇清經解》。前者爲清兩廣總督阮元主編,又稱《學海堂經解》;後者爲清江蘇學政王先謙主編,又稱《南菁書院經解》)守緯説者,惟陳喬樅cōng④一人,珠玉希見,瓦缶盈塗,真僞之分,即由難易而別,此大較(大略)也。胡玉津先生不以經學名家,而言《詩》乃篤宗緯候,取陳氏《詩緯集證》刪補,別爲《訓纂》三卷,不得不推爲難能可

---

① 毛西河,即毛奇齡(1263-1716),字大可,號初晴,又號晚晴。以郡望爲西河,學者稱西河先生。清代浙江蕭山人。門人輯其著述爲《西河合集》,分經集、文集兩部。
② 據毛奇齡《西河合集》原文,"北"當作"白"。
③ 翟,疑爲"翼"之形訛。翼翼,恭敬謹慎貌。
④ 陳喬樅(1809-1869),字樸園,號禮堂,清代福建閩縣(今屬福建福州)人。著有《三家詩遺説考》、《詩緯集證》、《齊詩翼氏學疏證》、《詩經四家異文考》、《毛詩鄭箋改字説》、《今文尚書經説考》等,彙編爲《小嫏嬛館叢書》,又名《左海續集》。

貴。余説《詩》力主緯候，二十年前已經成書，現方事脩改，玉津先生以成書索序，相與把臂入林，（指與友人一同歸隱。典出南朝宋劉義慶《世説新語·賞譽》："謝公道：'豫章若遇七賢，必自把臂入林。'"）幸其道之不孤，故樂而爲序，笑罵所不懼也。又《春秋》、《尚書》、《禮》雖有天説，而人道爲詳。三書今存緯書共八十一種，而《詩緯》祇存三種，共祇一百九條，未免繁簡不合。《春秋緯》中明提《詩》義者有數條，緯有其説，三經并無其文，《詩》中獨有其義，如枉矢西流，天降喪亂。蓋其書雖分經立名，而其義則彼此相通。所有各緯言《詩》明文之條，與其説爲別經無而《詩》獨有者，皆當采附《詩緯》後。蓋以天人分，則緯説宜《詩》，必較人學三經爲加詳也。玉津先生能再輯爲書，當較此三卷倍蓰（xǐ。倍，一倍。蓰，五倍。倍蓰指由一倍至五倍，形容很多。《孟子·滕文公上》："夫物之不齊，物之情也。或相倍蓰，或相什百，或相百萬。"），更有厚望焉。

　　戊午（1918）冬月初九日，井研廖平拜撰。

《詩經異文補釋》跋

廖平 撰

[題解]民國己未年(1919)二月,張慎儀①以所著《詩經異文補釋》索序於廖平,遂有此文。廖平在跋中闡述了其《詩》學見解,認爲《詩》有微言、大義二派:其大義者,如興觀羣怨、事父事君、多識鳥獸草木之名;其微言者,"性與天道",在六合以外,非世俗可知。故《詩》"以譒譯爲大例","不知音轉形變,不能解也"。《詩經異文補釋》併所附序跋收入民國刻本《 園叢書》,兹據該本校注。

《詩》有微言、大義二派,其深微者,"性與天道,不可得聞"(《論語·公冶長》)。聖門如子夏、子貢,始可言《詩》,則其餘不可與言,可知所謂"不知我者,謂我何求"(《王風·黍離》)。故《詩》爲"質諸鬼神",參贊化育,(語本《中庸》:"能盡物之性,則可以贊天地之化育;可以贊天地之化育,則可以與天地參矣。")統諸道釋各教,非數千萬年後,《尚書》世界既已統一,不能見諸實行。莊子以荒唐遺譏,鄒衍②以不經見誚(qiào,嘲

---

① 張慎儀(1846-1921),字淑威,號芋圃,四川成都人。精研小學,著有《詩經異文補釋》、《續方言校補》、《方言別録》、《蜀方言》等,匯編爲《薆園叢書》。
② 鄒衍,又作"騶衍"。戰國時齊人,陰陽家代表人物。深觀陰陽消息,倡九(转下页)

諷),非商(卜商,子夏名)、賜(端木賜,子貢名)孰可語《詩》? 何以至今尚存乎《論語》,又別有大義一法以立教? 如佛之小乘法。曰"小子何莫學",興觀羣怨。(語出《論語・陽貨》:"子曰:'小子何莫學夫《詩》?《詩》,可以興,可以觀,可以羣,可以怨。'"據何晏《論語集解》,興指"引譬連類",觀指"觀風俗之盛衰",羣指"羣居相切磋",怨指"刺上政"。)既統人學之皇帝王伯、道德仁義以立說矣,又曰"邇事父,遠事君,多識鳥獸草木之名"(《論語・陽貨》),則聲音文字、《爾雅》、《說文》,固亦言《詩》所必要,且即以微言言之,有非藉文字聲音而不可得者。以周、召爲二公,螽 zhōng 斯(《周南・螽斯》:"螽斯羽,詵詵兮。"朱熹集傳:"螽斯,蝗屬。"馬瑞辰通釋:"螽斯蓋柳斯、鹿斯之比,以斯爲語詞耳。")之螽,但以音同"公",若實蝗蟲,則不喜衆多。鴻飛(《豳風・九罭》:"鴻飛遵渚,公歸無所。於女信處! 鴻飛遵陸,公歸不復,於女信宿!")之鴻、黃鳥(《秦風》、《小雅》有《黃鳥》篇)之爲皇,文見《爾雅》。皇,鳳皇。(《爾雅・釋鳥》:"鶠,鳳。其雌皇","皇,黃鳥"。)草蟲、阜螽(《召南・草蟲》、《小雅・出車》:"喓喓草蟲,趯趯阜螽。")之爲二公,夭夭(《周南・桃夭》:"桃之夭夭,灼灼其華。"《邶風・凱風》:"棘心夭夭,母氏劬勞。")、喓 yāo 喓、秀葽(yāo。《豳風・七月》:"四月秀葽,五月鳴蜩。")之爲要服,兔罝(jū。《周南》有《兔罝》篇)、伐木(《小雅》有《伐木》篇)之當爲土圭、杙 yì 柯①,疆域之五服冠、衣、帶、裳、履,(參廖平、黃鎔《皇帝疆域圖表・書經板詩周禮西東京十五畿之要圍圖》:"王、侯、甸爲冠,男、采、衛爲

(上接注②)州説、五德終始説。因其言論"迂大而閎辯",時人稱之爲"談天衍"。著有《鄒子》、《鄒子終始》,已佚。

① 土圭、杙柯爲測日影、度土地的器具,合稱圭表。見廖平、黃鎔《皇帝疆域圖表・周禮埶柯從衡求地中圖》:"柯長三尺,象地三萬里,厚一寸五分,博三寸,周圍九寸,以土圭一尺五寸椓杙其中,以候日景。"黃鎔又注曰:"鄭注臬、埶、杙三字同義,即三尺之柯。"

衣、藩、垣、屏爲裳，翰、寧、城爲履，惟蠻、夷、鎮適當其中，而爲帶。"）"顛倒衣裳"（《齊風·東方未明》），素冠（《檜風》有《素冠》篇），福履，（《周南·樛木》："樂只君子，福履綏之。……樂只君子，福履將之。……樂只君子，福履成之。"）統由此起例。葛爲夏服，《六月》"既成我服，於三十里"，（鄭箋："王既成我戎服，將遣之，戒之曰：'日行三十里，可以舍息。'"）《論語》之"春服"，當作"夏服絺綌（chī xì，夏天所穿的葛衣。葛之細者曰絺，粗者曰綌）"。他如思服、（《周南·關雎》："求之不得，寤寐思服。"）"無思不服"（《大雅·文王有聲》）同。由服而轉輻，輻爲巾車例，凡《詩》軸、轂、輻、牙圍從之。又由輻而轉幅，幅隕①（《商頌·長發》："外大國是疆，幅隕既長。"）從帛布起例。又由幅而轉福，《洪範》五福，即《禹貢》五服，干祿、百福、福履、福祿皆同。非以音求，不知皆爲疆域起文。以鳥名官例，二鳩爲二伯，雎司馬，鳲司空。以配父母。鳲鳩"其子七兮"（《曹風·鳲鳩》），或轉爲尸，《漢書》作"尸"。"有母尸饔（yōng，熟食）"（《小雅·祈父》）、"誰其尸之"（《召南·采蘋》），母也，天只"公尸來燕"（《大雅·鳧鷖》）。雎減爲且，尸又變爲只。"其樂只且"（《王風·君子陽陽》），即左右君子。於人稱君子，於親稱父母，於水爲漆沮（《大雅·緜》："民之初生，自土沮漆。"毛傳："沮，水；漆，水也。"），於木爲椴喬，與蟲鳥爲螽鴻，又爲終且，"終和且平"（《小雅·伐木》）、"終風且暴"（《邶風·終風》）之類。又爲既且，"既和且平"（《商頌·那》）、"既安且寧"（《小雅·常棣》）之類。又爲棲苴（chá，《大雅·召旻》："如彼歲旱，草不潰茂，如彼棲苴。"毛傳："苴，水中浮草也。"）、萋苴（《周頌·有客》："有萋有且，敦琢其旅。"），《莊子》稱蜩與鷽鳩，又爲鴻蜩。筐筥（《召南·采蘋》："于以盛之？維筐及筥。"《小雅·采菽》："采菽采菽，筐之筥之。"）之爲姜呂，錡 qí 釜（《召南·采蘋》："于以湘之？維錡及釜。"）之爲齊許，弓鍭（hóu，《大

---

① 據《詩經》原文，"幀"當作"隕"。

雅·行葦》："敦弓既堅,四鍭既鈞。……敦弓既句,既挾四鍭。")之爲公侯。不知音轉形變,不能解也。仿《春秋》名號,歸一圖別編爲專書。古歌曲有聲無字者,如《芣苢 fú yǐ》(《周南》篇名)三章,芣讀作"丕",苢(同"苢")爲禹姓,芣苢讀大禹也。共祇用十一字,此如工尺(中國傳統樂譜上的記音符號,如合、四、一、上、尺、工、凡、六、五、乙等,統稱工尺),音多字少也。《汝墳》"魴 fáng 魚(又稱鯿魚,體廣而扁,頭尾尖小,鱗較細)赬(chēng,赤)尾"下句"王室如燬(huǐ,烈火)",(鄭箋:"君子仕於亂世,其顏色瘦病,如魚勞則尾赤。所以然者,畏王室之酷烈。")《九罭 yù》"鴻飛遵陸"下句作"公歸不復",上句取音,下句取義,凡重句皆《芣苢》例。其上名物下主義,朱傳(朱熹《詩集傳》)所謂比興者,大抵爲此例,此當用耳,以音求之,不能專據目學也。且《詩》藉世俗以譒星神,立義在六合以外,所説名物皆爲天語,亦同梵咒,非世俗可知,以譒譯爲一大例。如曰是、"先祖是皇"(《小雅·楚茨》)、《小雅·信南山》。曰言、《爾雅·釋言》,"寤言不寐,願言則嚏"(《邶風·終風》),"薄言還歸"(《召南·采蘩》、《小雅·出車》)。曰爲、"价(善)人爲藩,太師爲垣"(《大雅·板》)之類。曰匪、匪風匪車,(《檜風·匪風》:"匪風發兮,匪車偈兮。……匪風飄兮,匪車嘌兮。")"匪鶉匪鳶"(《小雅·四月》),"匪鱣(zhān,大鯉魚)匪鮪(wěi,鱘魚,一種大魚)"(《小雅·四月》),"色即是空,空即是色"(《摩訶般若波羅蜜多心經》)。曰非、"莫非王土","莫非王臣"(二句均出《小雅·北山》)。曰謂、"謂他人父","謂他人母"(二句均出《王風·葛藟》)。曰如、"如切如磋"(《衛風·淇奥》),"如岡如陵"(《小雅·天保》),"如兄如弟"(《邶風·谷風》)。曰有、有周、有夏,非古所有。曰新、乍見乍聞,非舊所有。曰誰謂、"誰謂鼠無牙"(《召南·行露》),"相鼠有齒"(《鄘風·相鼠》),是無牙。曰豈曰,"豈曰無衣"(《唐風·無衣》、《秦風·無衣》),《七月》言"無衣無褐"。而尤以分辨彼此爲大例。"彼"字二百數十見,"此"亦近百。華嚴世界(據《華嚴經》,指千葉大蓮花中含藏之無量世界,係法身佛毗盧遮那的淨土)詳彼此,每世界皆有日月,故曰"瞻彼日月",則非本世界之日月,又曰此日彼月,日同而月不同,如日系世界各行星,皆有月也。以東方爲文,《商頌》爲武。《商頌》數見"武"字。"維此文王","涼彼武王",爲星辰,非若《尚書》文武爲父子矣。行遠自邇,升高自卑,孟子"不以文害辭,不以辭害志,以意逆志"(《孟子·萬章上》)固尚矣,而文辭爲入手之初基,又何可輕大義而專重微言乎?攷三家舊説,齊專從緯候,而與《列》、《莊》、《山經》、《楚辭》同者,無待鋪陳,如《韓詩外傳》"子貢問《關雎》何以爲《風》始"一條,高入青天,深下黄泉,此固爲微言之説,而以人事立説,斷章取義,近於史評者,三家亦不一而足。深微秘密,雖不可聽其終湮(yān,淹没),若好爲苟難(輕易犯難),舍近求遠不可也。

同年(古代科舉考試同科中式者之互稱)芋圃先生精研小學,二十年前印行《續方言》等書,見重士林,今年七十有四,更以所著《詩經異文補釋》囑作序。詳攷序例,志在補充李氏富孫①。原書(指《詩經異文釋》)。芋圃精於名家言,疏論具有條理,不似李書專以繁富見長。曲園②之於高郵③,以

---

① 李富孫(1764-1843),字既汸,晚號校經叟,清代浙江嘉興人。著有《李氏易解賸義》、《七經異文釋》(含《詩經異文釋》)、《漢魏六朝墓銘纂例》、《鶴徵錄》、《鶴徵後錄》、《校經廎文稿》等,彙刻爲《校經廎全書》。
② 曲園,即俞樾(1821-1907),字蔭甫,號曲園,清代浙江德清人。官翰林編修、河南學政。治經學,旁及諸子雜説,宗法高郵王氏。所撰著述總稱《春在堂全集》,其《羣經平議》、《諸子平議》、《古書疑義舉例》三書尤著。
③ 高郵,即江蘇高郵王念孫、王引之父子,二人皆精於音韻、文字、訓詁之學。王念孫(1744-1832)字懷祖,號石臞。著有《廣雅疏證》、《讀書雜志》等。王引之(1766-1834),字伯申,號曼卿。著有《經義述聞》、《經傳釋詞》等。

外貌觀,似不及其閎 hóng 肆(宏偉恣肆),去渣滓而挹(yì,吸取)清光,不能不謂後來居上。芸子①著書,力求復古,其《書後》(即《詩經異文補釋書後》,與廖平《跋》並載《詩經異文補釋》)各明一義,與芋圃宗旨未能合轍。予亦效顰,堆砌臆見,以博芋圃之一粲(笑)。昔三家祖(尊崇)微言,謝、衛(指謝曼卿、衛宏。《後漢書·儒林傳》:"九江謝曼卿善《毛詩》,乃爲其訓。宏從曼卿受學,因作《毛詩序》,善得《風》、《雅》之旨,於今傳於世。")詳形訓,卒(最終)之三家亡,而毛、鄭獨行,以隋唐間諸經皆用東漢法,寡不敵衆故也。予說孤微,且未大定,安能與芋圃角力中原?然其書盛行之時,余說得附簡端,以並傳《三都》(即左思《三都賦》),不藉皇甫②序以行。皇甫序轉借《三都》以得存,(《文選》引臧榮緒《晉書》曰:"左思作《三都賦》,世人未重。皇甫謐有高名於世,思乃造而示之,謐稱善,爲其賦序也。")是或一道,故不覺其言之長也。

歲在己未(1919)二月,小弟井研廖平。

---

① 芸子,即宋育仁(1858-1931),字芸子,晚號道復,四川富順人。近代改良主義思想家。主修《四川通志》。著有《周官古經舉例》、《宋氏四禮》、《經術公理學》、《采風集》、《問琴閣文錄》、《問琴閣詩錄》、《問琴閣叢書》等。
② 皇甫,指皇甫謐(215-282),字士安,自號玄晏先生,西晉安定郡朝那(在今寧夏固原一帶)人。著有《帝王世紀》、《高士傳》、《逸士傳》、《列女傳》及《玄晏春秋》、《鍼灸甲乙經》等。

《詩經·國風》五帝分運考

廖平　撰

[題解]廖平此文主要推衍十五《國風》五帝五方分運之法,謂《周》、《召》、《唐》與《檜》、《曹》、《陳》分司北、南兩極,其餘《邶》、《鄘》、《衛》、《王》、《鄭》、《齊》、《豳》、《秦》、《魏》則平分中、東、西,以應三統。《詩經國風五帝分運考》刊於《四川國學雜誌》民國二年(1913)第七期,又刊於《戊午周報》民國八年(1919)第四十期,茲據後者版本校注。

《尚書》喻《詩》,《周》、《召》(指《周南》、《召南》)即《費》、《秦》二誓之二公,《邶》三篇(指《邶風》、《鄘風》、《衛風》)如《湯誓》,《王》三篇(指《王風》、《鄭風》、《齊風》)如《金縢 téng》,《豳》三篇(指《豳風》、《秦風》、《魏風》)如《顧命》,《唐》、《陳》則二帝,唐爲堯號;陳,舜子孫。《檜》、《曹》又如《文侯之命》與《吕刑》焉。攷二國皆爲火正(古代管火之官)故墟。(鄭玄《詩譜》云:"檜者,高辛氏火正祝融之墟。"據《國語·鄭語》,祝融之後有八姓,曹爲其一。)是十五《國風》,一《尚書》之二帝三王、二伯四岳之制,特序目小有先後耳。攷《易》首伏羲,(《易·繫辭下》:"古者包犧氏之王天下也,仰則觀象于天,俯則觀法于地,觀鳥獸之文與地之宜,近取諸身,遠取諸物,于是始作八卦,以通神明之德,以類萬物之情。")太昊(古代傳說中的東方天帝)、少昊(古代傳說中的西方天帝)同以昊名,故以周、召分左右,定周主東極,召主西極。惟是周公伯而不王,故以勾萌(又作"句芒"。古代傳說中的東方神名,司春之神。《禮記·月令》:"孟春之月,……其帝大皞,其神句芒。"鄭玄注:"大皞,宓戲氏。句芒,少皞氏之子,曰重,爲木官。")、蓐收(古代傳說中的西方神名,司秋之神。《禮記·月令》:"孟秋之月,其帝少皞,其神蓐收。"鄭玄注:"少皞,金天氏。蓐收,少皞氏之子,曰該,爲金官。")二司配之。攷《易》"東南得朋"(《易·坤》),用夏變夷之道,(指以諸夏的文化影響外族。見《孟子·滕文公上》:"吾聞用夏變夷者,未聞變於夷者也。")詳于南而略于北,此周、召稱南,檜、曹皆火正,詳南略北之經義也。青統素統,即以見于二統九篇(指《魯頌》四篇、《商頌》五篇)中,故首位詳南北二帝之事。唐爲堯居北,以代顓頊之位,帝也。周、召即羲、和,詳于南服(古代王畿以外地區分爲五服,稱南方爲南服),以南半球未經開化,故用功獨專。至于陳爲舜後,舜葬蒼梧之野,冢又在海外南經,①故以舜代炎帝神農。郯 tán 子(春秋時郯國國君,孔子曾師郯子)所謂"火師(以火爲名號的百官)而火名"(《左傳》昭公十七年)者,是司南極,而檜、曹二火正殿(鎮守、掌管)之,亦如周、召北帝詳南,南帝亦詳北。此南北兩極各分三風之治也。天風之詩,皆中分之,或乘時,或退休,以二爲斷,此首位六風之說也。至於其中九風,則託三代之小名,以行五運之大法,詳東西而略南北,郯子所謂二昊以龍鳥名官者也。

　　蓋嘗據《周禮》賦、比、興之名以說之。(《周禮·春官·大

---

① 《山海經·大荒南經》:"南海之中,有泛天之山,赤水窮焉。赤水之東,有蒼梧之野,舜與叔均之所葬也。"《海外南經》:"狄山,帝堯葬于陽,帝嚳葬于陰。爰有熊、羆、文虎、蜼、豹、離朱、視肉。吁咽、文王皆葬其所。"今人袁珂謂"吁咽"疑指舜。

師》："教六詩：曰風，曰賦，曰比，曰興，曰雅，曰頌。"鄭玄注："賦之言鋪，直鋪陳今之政教善惡。比，見今之失，不敢斥言，取比類以言之。興，見今之美，嫌於媚諛，取善事以喻勸之。"）及季札（又稱公子札、延陵季子、延州來季子。春秋時吴王壽夢之季子，以賢明、博學著稱）觀樂目次（事見《左傳》襄公二十九年），審定經制，以《邶》、《鄘》、《衛》三篇爲商人，爲賦；《王》、《鄭》、《齊》三國爲齊人，爲比；《豳》、《秦》、《魏》三國爲興，爲周。始《商》，次《魯》，次《周》，亦如三《小》之次於三《頌》，爲逆行。此九國而三統之説也（説詳廖平《四益館雜著·重刻日本影北宋鈔本毛詩殘本跋》）。《王風》、《魯詩》以爲魯，在東大統，以託伏羲，爲海外東經、大荒東經。以中國爲中，則日本以外之海島，當爲今美洲。《豳》在雍（雍州，古九州之一，在今陝西、甘肅、青海一帶），乾位西北，爲少昊所司之分，爲海外西經、大荒西經，爲金德王之政。歐以中國爲中，則應以歐洲當之。蓋就中國言，以美爲東，以歐爲西。就中土言，則以中國爲東，美爲西。《詩》之"中"字有二義，一指中國，一指中土言之。按三統云，又以周爲黃，黃爲中央，其實地在崑崙，《淮》（《淮南子》）本所謂冀州中土者也。中國爲東勝神州（佛經所説四大部洲之一，位於東方），崑崙爲冀州中土。（《淮南子·地形訓》："何謂九州？東南神州曰農土，正南次州曰沃土，西南戎州曰滔土，正西弇州曰并土，正中冀州曰中土，西北台州曰肥土，正北濟州曰成土，東北薄州曰隱土，正東陽州曰申土。"）《書大傳》、周《山經》以五帝分司五州是也。《國風》多以商統爲主者何耶？曰周、召之二鳩，以鳥名官。《召南》之素絲（《召南·羔羊》："素絲五紽"，"素絲五緎"，"素絲五總"），《緇衣》之政敝（《鄭風·緇衣》："緇衣之宜兮，敝予又改爲兮"，"緇衣之好兮，敝予又改造兮"，"緇衣之席兮，敝予又改作兮"），《檜風》之三素（《檜風·素冠》："庶見素冠兮"，"庶見素衣兮"，"庶見素韠兮"），《豳風》之《七月》（七月屬西方申位，西方爲素統），《齊風》之首素，（《齊風·著》："充耳以素乎而。"）《邶》、《鄘》之《柏舟》，大約主素統者八風。又以商殷(居⋯⋯之末)三《頌》,孔子殷人,先就三統立說。且美洲非聖人舊,雖曰金統,要必由中以化外,故國少昊曲阜(少昊之都,在今山東曲阜市),以西方之中亦歸于東魯。如少昊以金德爲帝,治五洲,其餘四洲之帝皆退位。以神主之,東洲則勾萌,本洲則祝融,中洲則后土,北洲則玄冥。(參《左傳》昭公二十九年:"故有五行之官,是謂五官。實列受氏姓,封爲上公,祀爲貴神。社稷五祀,是尊是奉。木正曰句芒,火正曰祝融,金正曰蓐收,水正曰玄冥,土正曰后土。")其餘皆放(通"仿")此。以金德王,當在美洲立留都。《詩》之主教,則在東方。以孔居魯,少昊之都亦在魯,故曰"顛倒衣裳"。金德之帝,不在西洲,而在東洲。攷三統九風,一統一君二臣,如《易》之三人行損一人,一人行得友二臣,(《易·損》:"六三:三人行則損一人,一人行則得其友。")以備二統之臣,君則自王之主國(古代諸侯國互相聘問,受聘國稱爲主國)。如《邶》爲王,則魯、周二統之《王》、《豳》退位,以《鄭》、《魏》爲之臣。如一王而二伯,《王》爲王,則《鄘》、《秦》爲之臣。亦如《易》之三爻中,有一君二臣也。而一篇之中,又自分三統,有自應本風之篇,有附應二統之篇。可以攷見,由斯以推,則一風分應三統,九風互相爲君臣佐佑焉。

　　大約每國之中分爲三,以互相起。三九共爲二十七局,再倍之,則爲八十一局也。九風共百〇九篇,每風得三十五篇之譜,加以三《小》爲三十六篇焉。而小大中之亦各占一門,如《邶》三風(指《邶》、《鄘》、《衛》),大《豳》三風(指《豳》、《秦》、《魏》),小《王》三風(指《王》、《鄭》、《齊》),向①居其中,亦各有三等疆域之別焉。

---

① 　向,《四川國學雜誌》本作"間",於義爲長。

《詩經》經釋

廖平　撰

[題解]廖平早年治《詩》，已主《詩》、《易》相通。如《今文詩古義疏證凡例》中載"通《易》"條，謂"《詩》之天王、二伯、四岳、八伯、五十六卒正，亦如《易》之無極、陰陽、四象、八卦、六十四卦也"。約在光緒二十年(1894)撰成《詩圖表》，收録圖表凡四十三，其中"《國風十二配十二月表》、《陳風十篇表》、《魏唐十九篇表》、《小旻以下十九篇表》、《瞻洛以下二十二篇表》，以篇數見例，已爲《詩易合纂》之濫觴"。光緒二十八年(1902)成書的《知聖續篇》本《詩》、《易》而作，於《詩》、《易》相通思想有較多體現。民國十三年(1924)，廖平將近年《詩》、《易》演講稿交付成都佛學社排印，名曰《詩易合纂》。民國十九年(1930)，廖平改訂《詩易合纂》爲《詩經經釋》一卷、《易經經釋》三卷。《詩經經釋》係廖平六變時期的重要著作，主《詩》、《易》相通，並據《内經》五運六氣以説《詩》，將《詩》分爲四風、五運、六氣、小雅、大雅、小頌、三大頌共七門，以分别應二十八宿、三十三天、三十六宫、七十二穴之數。"經釋"有解經不主注疏之意。《詩經經釋》有民國二十二年(1933)刻本，兹據該本校注。

《詩經經釋》原目

風詩三十三篇加《齊》首三篇,爲三十六篇。
 周南十一篇
  關雎 葛覃 卷耳 樛木
  螽斯以上五運五篇。
  桃夭 芣苢 兔罝 漢廣
  汝墳 麟之趾以上六氣六篇。
 召南十四篇
  行露 小星 鵲巢 采蘩
  采蘋 草蟲 甘棠 羔羊
  殷其靁 摽有梅 江有汜 野有死麇
  何彼襛矣 騶虞
 檜曹八篇
  羔裘 素冠 隰有萇楚
  匪風以上《檜》。 蜉蝣 候人
  鳲鳩 下泉以上《曹》。
 齊首三篇
  雞鳴 還   著

五運五十篇
　邶十篇
　　柏舟　　　牆有茨　　君子偕老　　桑中
　　鶉之奔奔　定之方中　蝃蝀　　　相鼠
　　干旄　　　載馳
　衛十篇
　　淇澳　　　考槃　　　碩人　　　氓
　　竹竿　　　芄蘭　　　河廣　　　伯兮
　　有狐　　　木瓜
　王十篇
　　黍離　　　君子于役　君子陽陽　揚之水
　　中谷有蓷　兔爰　　　葛藟　　　采葛
　　大車　　　丘中有麻
　陳十篇
　　宛丘　　　東門之枌　衡門　　　東門之池
　　東門之楊　墓門　　　防有鵲巢　月出
　　株林　　　澤陂
　秦十篇
　　車鄰　　　駟驖　　　小戎　　　蒹葭
　　終南　　　黃鳥　　　晨風　　　無衣
　　渭陽　　　權輿
六氣七十二篇
　鄭十六篇 首五篇補《魏》。
　　羔裘　　　遵大路　　女曰雞鳴　有女同車
　　山有扶蘇　蘀兮　　　狡童　　　褰裳
　　丰　　　　東門之墠　風雨　　　子衿

揚之水　　出其東門　　野有蔓草　　溱洧

邶十二篇 首五篇補《豳》。

　　擊鼓　　　爰居 從《擊鼓》分出。　　　凱風
　　雄雉　　　匏有苦葉　　谷風　　　式微
　　旄丘　　　簡兮　　　　泉水　　　北門
　　北風

唐十二篇

　　蟋蟀　　　山有樞　　　揚之水　　椒聊
　　綢繆　　　杕杜　　　　羔裘　　　鴇羽
　　無衣　　　有杕之杜　　葛生　　　采苓

齊八篇 首三篇加入《召南》。

　　東方之日　東方未明　　南山　　　甫田
　　盧令　　　敝笱　　　　載驅　　　猗嗟

魏十二篇

　　緇衣　　　將仲子　　　清人　　　叔于田
　　大叔于田 以上從《鄭》補。　　葛屨　　　汾沮洳
　　園有桃　　陟岵　　　　十畝之閒　碩鼠
　　伐檀

豳十二篇

　　燕燕　　　綠衣　　　　柏舟　　　日月
　　終風 以上從《邶》補。　　　鴟鴞　　　七月
　　東山　　　九罭　　　　破斧　　　伐柯
　　狼跋

小雅三十七篇

　　鹿鳴　　　四牡　　　　皇皇者華　常棣
　　伐木　　　天保　　　　采薇　　　出車

杕杜	魚麗	南有嘉魚	南山有臺
蓼蕭	湛露	彤弓	菁菁者莪
六月	采芑	車攻	吉日
鴻雁	庭燎	沔水	鶴鳴
祈父	白駒	黃鳥	我行其野
斯干	無羊以上三十幅。		小旻
小宛	小弁以上三小天。		
鹿斯之奔從《小弁》分出,附《青蠅》。			巧言
彼何人斯	巷伯以上四讒。		

大雅三十五篇

文王	大明	綿	棫樸
旱麓	思齊	皇矣	靈臺
下武	文王有聲	生民	行葦
既醉	鳧鷖	公劉	假樂
泂酌	卷阿	鳳凰于飛從《卷阿》分出。	
民勞	板	蕩	桑柔
抑	崧高	烝民	韓奕
江漢	常武以上二十八篇。		雲漢
瞻卬	召旻以上三大天。		節南山
正月	十月之交	雨無正以上四時,毛本誤入《小雅》。	

小頌三十三篇從《小雅》分出,加《邶》末三篇,為三十六篇。

瞻洛十一篇

谷風	蓼莪	大東	四月
裳裳者華	瞻彼洛矣	桑扈	北山
無將大車	小明	鼓鐘	

魚藻十一篇

楚茨	信南山	甫田	大田
采菽	魚藻	角弓	鴛鴦
頍弁	車舝	賓之初筵	

菀柳十一篇

黍苗	隰桑	白華	綿蠻
都人士	菀柳	采綠	瓠葉
漸漸之石	苕之華	何草不黃	

邶末三篇_補。

| 静女 | 新臺 | 二子乘舟 | |

三大頌十五篇

周頌六篇_{毛本誤析爲三十一篇，今合爲六篇。}

武_{時邁 執競 賚 酌 般 桓}　　清廟_{維天之命 維清 昊天有成命 天作 我將}

思文_{良耜 臣工 載芟 噫嘻 豐年}　　有客_{振鷺 潛 有瞽}

雝_{烈文 載見 絲衣}　　閔予小子_{訪落 敬之 小毖}

魯頌四篇

| 駉 | 有駜 | 泮水 | 閟宮 |

商頌五篇

| 那 | 烈祖 | 玄鳥 | 長發 |
| 殷武 | | | |

《詩經》經釋

井研廖平　撰

　　《詩》爲天學,與《易》、《樂》合爲三經,與人學之《春秋》、《尚書》、《禮》不同。《毛詩》混天入人,全悖經義。按,《易經·頤卦》內三爻(指卦中居下方的三爻)爲人學,剥屬《春秋》,損屬《禮》,賁 bì 屬《尚書》,三爻皆凶;外三爻(指卦中居上方的三爻)爲天學,噬嗑 shì hé 屬《詩》,益屬《樂》,復屬《易》,三爻皆吉。① 其曰"舍爾靈龜,觀我朵(同"朵")頤"(《易·頤》),至聖空言立訓,爲孔子作六經之明證。六經分占六爻,曰丘頤。丘,聖諱也。二、五爻兩見"經"字,明《易》非文王、周公所續。② 若以爲四聖人(伏羲、文王、周公、孔子)之書,蓋亦晚近之誤説歟!

---

① 按,中國古代有變卦解《易》的思想(參翟奎鳳《變卦解〈易〉思想源流考論》,載《中國哲學史》2008 年第 4 期)。所謂變卦,是指一卦中由於一爻或多爻的陰陽互變,而使此卦變成了另一卦。廖平在《四益易説》、《易經古本》等書中亦提出"一卦六爻變六卦"之説,如頤卦之初九、六二、六三、六四、六五、上九,在爻變動後,分別成爲剥、損、賁、噬嗑、益、復六卦。

② 據廖平《四益易説》等書,《易》以頤卦爲主,☶(即頤卦)內柔外剛,象軀形。"我"爲孔子自稱。"舍爾靈龜",謂不用古史字母書;"觀我朵頤",謂子所雅言。又,丘頤即"我朵頤"。丘,孔聖諱。

風詩三十三天①《周南》十一篇,《召南》十四篇,《檜》四篇,《曹》四篇,加《齊》首三篇,共爲三十六篇,以應三十六宮。

《六微旨大論》(《内經·素問》篇名):"岐伯(傳説中上古醫家,爲黄帝之臣)曰:'言天者求之本,言地位②求之位,言人者求之氣交。'帝曰:'何謂氣交?'岐伯曰:'上下之位,氣交之中,人之居也。故曰天樞(明張介賓《類經》注:"樞,樞機也。居陰陽升降之中,是爲天樞。")之上,天氣主之;天樞之下,地氣主之;氣交之分,人氣從之。萬物由之,此之謂也。'"

周南内分五運六氣,前五篇爲五運,後六篇爲六氣,共十一篇,皆言天道,不言人事,非后妃之德化(《詩序》:"《關雎》,后妃之德也。")。

按,王化自北而南。(《詩序》:"南,言化自北而南也。")《樂記》云:"地氣上騰,天氣下降,陰陽相摩,天地相蕩,鼓之以雷霆,潤之以風雨,暖之以日月,而百化興焉。"與《易·繫辭》相同,故同爲天學。

《天元紀大論》:"鬼臾區(傳説中上古醫家,爲黄帝之臣)曰:'臣聞之,甲己之歲,土運統之;《關雎》、《鄘》,土運。乙庚之歲,金運統之;《葛覃》、《衛》,金運。丙辛之歲,水運主之;《螽斯》、《秦》,水運。丁壬之歲,木運統之;《卷耳》、《王》,木運。戊癸之歲,火運統之。'《樛木》、《陳》,火運。○以上五運。帝曰:'其於三陰三陽③,合之奈何?'鬼臾區曰:'子午之歲,上(指司天之

---

① 三十三天,佛教指欲界第二天,帝釋天在中央,其四方各有八天,合爲三十三天。又作忉利天,即一般所説之天堂。此喻指風詩三十三篇。
② 據《素問·六微旨大論》原文,"位"當作"者"。
③ 三陰三陽,自然界陰陽離合的六種狀態。陰陽之氣各有多少,陰多者爲太陰,次少者爲少陰,而又次者爲厥陰;陽多者爲太陽,次少者爲陽明,而又次者爲少陽。在具體應用方面,三陰三陽也可以指六氣、六腑以及手足六經等。

氣,運氣術語,即主管每年上半年的客氣。下同)見少陰;《兔罝》、《唐》,少陰。丑未之歲,上見太陰;《苤苢》、《邶》,太陰。寅申之歲,上見少陽;《漢廣》、《齊》,少陽。卯酉之歲,上見陽明;《汝墳》、《魏》,陽明。辰戌之歲,上見太陽;《麟趾》、《豳》,太陽。巳亥之歲,上見厥陰。《桃夭》、《鄭》,厥陰。○以上六氣。少陰,所謂標(首)也;厥陰,所謂終也。厥陰之上,風氣主之;少陰之上,熱氣主之;太陰之上,濕氣主之;少陽之上,相火主之;陽明之上,燥氣主之;太陽之上,寒氣主之。所謂本也,是謂六元。'"

《關雎》土運宮。　　　　應《郎》十篇分左右。
《葛覃》金運商。　　　　應《衛》十篇分左右。
《卷耳》木運角。　　　　應《王》十篇分左右。
《樛木》火運徵。　　　　應《陳》十篇分左右。
《螽斯》水運羽。　　　　應《秦》十篇分左右。
　　以上五運五十篇,分屬五音。
《桃夭》厥陰膽。　　　　應《鄭》二十一篇
《苤苢》太陰胃。　　　　應《邶》二十篇
《兔罝》少陰三焦①。　　應《唐》十二篇
《漢廣》少陽小腸。　　　應《齊》十一篇
《汝墳》陽明大腸。　　　應《魏》七篇
《麟趾》太陽膀胱。　　　應《豳》七篇
　　以上六氣七十八篇,分屬六腑。多六篇。
　　六氣循環自厥陰起,而終於太陽。南北定位,東

---

① 三焦,中醫學名詞。六腑之一,上焦、中焦、下焦的合稱。《靈樞·營衛生會》:"上焦出於胃上口,並咽以上,貫膈而布胸中","中焦亦並胃中,出上焦之後","下焦者,別回腸,注於膀胱而滲入焉"。

西無常,天樞橫亙其中,見於上者順行,自左而之右,見於下者逆行,自右而之左。

召南上應二十八宿,以《行露》、《小星》爲綱領。《行露》南北爲經,屬子午。《小星》東西爲緯,屬卯酉。其餘十二篇分應十二月,二十八宿四方天。

《衛氣行篇》(《內經·靈樞》篇名):"黃帝問於伯高(一本作"岐伯"。傳說中上古醫家,爲黃帝之臣)曰:'願聞衛氣(中醫學名詞。人體陽氣的一部分,與營氣相對而言。衛氣生於水穀,源於脾胃,出於上焦,行於脈外,其性剛悍。具有保衛肌表、抗禦外邪的作用)之行,出入之合何如?'伯高(一本作"岐伯")曰:'歲有十二月,日有十二辰,子午爲經,卯酉爲緯。天周二十八宿,而一面七星,四七二十八星。房、昴爲緯,虛、張爲經。是故房至畢爲陽,昴至心爲陰。陽主晝,陰主夜。故衛氣之行,一日一夜,五十周於身,晝日行於陽二十五周,夜行於陰二十五周,周於五歲①。'"

《淮南子·天文訓》:"太陰(太歲別名)在四仲(高誘注:"仲,中也。四中,謂太陰在卯、酉、子、午四面之中也。"),則歲星行三宿(歲星在每一辰中,行經三宿)。四(指四辰)三(指三宿)一十二宿。太陰在四鉤(《唐開元占經》引許慎注:"四鉤,謂丑寅爲一鉤,辰巳爲一鉤,未申爲一鉤,戌亥爲一鉤。"),則歲星行二宿。二八一十六宿。故十二歲而行二十八宿,日行十二分度之一,歲行三十度十六分度之七,(古代天文學將一周天定爲$365\frac{1}{4}$度,歲星日行$\frac{1}{12}$度,歲行$30\frac{7}{16}$度)十二歲而周(遍及)。太陰在寅,歲名曰攝提格。其雄爲歲星,舍(居)斗、牽牛,以十一月與之晨出東方,東井、輿鬼爲

---

① 據清張志聰《黃帝內經靈樞集注》,"歲"當作"藏"。藏,同"臟"。

對。太陰在卯,歲名曰單閼 chányān。歲星舍須女、虛、危,以十二月與之晨出東方,柳、七星、張爲對。太陰在辰,歲名曰執(通"蟄")徐。歲星舍營室、東壁,以正月與之晨出東方,翼、軫爲對。太陰在巳,歲名曰大荒落。歲星舍奎、婁,以二月與之晨出東方,角、亢爲對。太陰在午,歲名曰敦牂 zāng。歲星舍胃、昴、畢,以三月與之晨出東方,氐、房、心爲對。太陰在未,歲名曰協洽。歲星舍觜觿、參,以四月與之晨出東方,尾、箕爲對。太陰在申,歲名曰涒 tūn 灘。歲星舍東井、輿鬼,以五月與之晨出東方,斗、牽牛爲對。太陰在酉,歲名曰作噩。歲星舍柳、七星、張,以六月與之晨出東方,須女、虛、危爲對。太陰在戌,歲名曰閹茂。歲星舍翼、軫,以七月與之晨出東方,營室、東壁爲對。太陰在亥,歲名曰大淵獻。歲星舍角、亢,以八月與之晨出東方,奎、婁爲對。太陰在子,歲名曰困敦。歲星舍氐、房、心,以九月與之晨出東方,胃、昴、畢爲對。太陰在丑,歲名曰赤奮若。歲星舍尾、箕,以十月與之晨出東方,觜觿、參爲對。"

《行露》南北子午爲經。　子北方鼠屬水,午南方朱雀屬火。(《行露》:"誰謂雀無角,何以穿我屋?……誰謂鼠無牙,何以穿我墉?")

《小星》東西卯酉爲緯。　"三五在冬,惟參與昴",昴西方。

《鵲巢》十二月。　《月令》:"季冬之月,鵲始巢。"按,季冬爲十二月,三言"百兩"者,合計三百六十日爲一歲成數也。

《采蘩》fán 十一月。

《采蘋》十月。　據《儀禮》"《鵲巢》、《采蘩》、《采蘋》",(《儀禮·鄉射禮》:"乃合樂:《周南·關雎》、《葛覃》、《卷耳》,《召

　　　　　　　　　　　　　南·鵲巢》、《采蘩》、《采蘋》。")《左
　　　　　　　　　　　　　傳》"《風》有《采蘩》、《采蘋》"(《左
　　　　　　　　　　　　　傳》隱公三年),知三章相連,《草蟲》
　　　　　　　　　　　　　當在《采蘋》之後。

《草蟲》九月。
《甘棠》八月。
《羔羊》七月。
《殷其靁(同"雷")》六月。　"在南山之陽"。
《摽 biào 有梅》五月。　　"其實七兮",天周二十八宿,一面七
　　　　　　　　　　　　星,四七二十八星。"其實三兮",舉
　　　　　　　　　　　　成數而言也。
《江有汜 sì》四月。
《野有死麕 jūn》三月。　　"有女懷春"。
《何彼襛 nóng 矣》二月。　"華(古"花"字)如桃李"。
《騶 zōu 虞》正月。　　　《詩緯·汜歷樞》:"'彼茁者葭,一發
　　　　　　　　　　　　五豝',孟春獸肥草淺之候也。"按,正
　　　　　　　　　　　　月爲孟春。

檜曹八篇

《靈樞·九鍼論》:"黃帝曰:'願聞身形應九野(張介賓注:"九野,即八卦九宮之位也。")奈何?'岐伯曰:'請言身形之應九野也:左足應立春,其日戊寅、己丑;左脇應春分,其日乙卯;左手應立夏,其日戊辰、己巳;膺(胸)喉首頭應夏至,其日丙午;右手應立秋,其日戊申、己未;右脇應秋分,其日辛酉;右足應立冬,其日戊戌、己亥;腰尻(kāo,脊骨的末端)下竅應冬至,其日壬子。六府(同"腑")、膈下(即腹中)三藏(同"臟"。三藏,指肝、脾、腎)應中州,其大禁,大禁太乙所在之日及諸戊己。凡此九者,善候八正(八方之正位)所在之處。所主左右上下身體有癰腫者,欲治之,無以其所直(同

"值")之日潰治（指採取潰破排膿之法治療）之,是謂天忌日也。'"

   檜

《羔裘》立春。

《素冠》立秋。

《隰 xí 有萇 cháng 楚》春分。

《匪風》秋分。

   曹

《蜉蝣 fú yóu》立夏。

《候人》立冬。

《鳲鳩》夏至。

《下泉》冬至。

齊首三篇

《六微旨大論》："岐伯曰：'少陽之上，火氣治之，中讀作"合"。見厥陰；陽明之上，燥氣治之，中合。見太陰；太陽之上，寒氣治之，中合。見少陰。'"

《雞鳴》少陽。

《還》陽明。

《著》太陽。

五運五十篇

《陰陽二十五人篇》（《內經·靈樞》篇名）："黃帝曰：'余聞陰陽之人何如？'伯高曰：'天地之間，六合之內，不離於五，人亦應之；故五五二十五人之政①，而陰陽之人不與

---

① 政,皇甫謐《鍼灸甲乙經》引作"形",與下文"願聞二十五人之形"合。

焉。《通天篇》別有五人(《靈樞·通天篇》將人劃分爲太陰、少陰、太陽、少陽、陰陽和平五類)。其態又不合於衆者五,余已知之矣。願聞二十五人之形,血氣之所生,別而以候,從外知内與《診皮》(《靈樞》篇名,全稱爲《論疾診皮》。通行本作《論疾診尺》。廖平《釋尺》一文謂"尺"當作"皮")相同。何如?'岐伯曰:'悉乎哉問也!此先師之秘也,雖伯高猶不能明之也。'黄帝避席遵循(通"逡巡",退却貌,表示恭謹)而却曰:'余聞之,得其人弗教,是謂重失,得而洩之,天將厭之。余願得而明之,金匱藏之,不敢揚之。'岐伯曰:'先立五形金、木、水、火、土,别其五色,異其五形之人,而二十五人具矣。'黄帝曰:'願卒(盡)聞之。'岐伯曰:'慎之慎之,臣請言之。'"

□廊□ 甲己化土。"土形之人,《鶉之奔奔》、《定之方中》二篇,甲己,左右井(井爲人體經絡穴位名。按,五臟陰經有井、榮、腧、經、合五種穴位,分左右排列,總稱五腧穴;六腑陽經多一原穴,總稱六腧穴)。比於上宫(樂調名。宫五音之一。按,宫音分爲上宫、大宫、加宫、少宫、左宫五類),五形皆以上爲貴。似於上古黄帝。對黄帝而言,故託上古。其爲人黄色,圓面,大頭,美肩背,大腹,美股脛,小手足,多肉,上下相稱。行安地,舉足浮(輕靈),安心,好利人,不喜權勢,善附人也。能(通"耐")秋冬,不能春夏。春夏感而病生,足太陰①敦敦(張介賓注曰"重實貌")然。統於相法。大宫之人,《桑中》、《蝃蝀 dì dōng》二篇,乙庚,左右榮。比於左足陽明,分左右。陽明之上分上下。婉婉(張介賓注曰"委順貌")然;土生金,土兼

---

① 足太陰,又稱脾足太陰之脈、足太陰脾經或脾經,爲十二經脈之一。按,據《素問·經脈》,十二經脈分爲手太陰肺經、手陽明大腸經、足陽明胃經、足太陰脾經、手少陰心經、手太陽小腸經、足厥陰肝經、足少陽膽經、手少陽三焦經、手厥陰心包經、足少陰腎經、足太陽膀胱經。

金形人。加宫之人,《君子偕老》、《相鼠》二篇,丙辛,左右腧 shù。比於左足陽明,陽明之下坎坎然(張介賓注曰"深固貌");金生水,土兼水形人。少宫之人,《牆有茨》、《干旄》二篇,丁壬,左右經。比於右足陽明,陽明之上樞樞(張介賓注曰"圓轉貌")然;水生木,土兼木形人。左宫之人,《柏舟》、《載馳》二篇,戊癸,左右合。比於右足陽明,陽明之下兀兀(張介賓注曰"獨立不動貌")然。"木生火,土兼火形人。

[衛] 乙庚化金。"金形之人,《衛》詩當之。《竹竿》、《芄 wán 蘭》二篇,乙庚,左右井。比於上商(樂調名。商五音之一。按,商音分爲上商、鈦商、右商、左商、少商五類),似於白帝。其爲人方面,白色,小頭,小肩背,小腹,小手足,如骨發踵外,骨輕。身清廉,急心静悍(張介賓注曰"金性静,動則悍也"),善爲吏。能秋冬,不能春夏。春夏感而病生,手大(同"太")陰敦敦然。正形一兼四,合爲二十五人。鈦(通"太",大也)商之人,《氓》、《河廣》二篇,丙辛,左右榮。比於左手陽明,陽明之上廉廉(張介賓注曰"棱角貌")然。金生水,金兼水形人。右商之人,《碩人》、《伯兮》二篇,丁壬,左右腧。比於左手陽明,陽明之下脱脱(張介賓注曰"蕭灑貌")然。水生木,金兼木形人。左商之人,《考槃 pán》、《有狐》二篇,戊癸,左右經。比於右手陽明,陽明之上監監(張介賓注曰"多察貌")然。木生火,金兼火形人。少商之人,《淇奥》、《木瓜》二篇,甲己,左右合。比於右手陽明,陽明之下嚴嚴(張介賓注曰"莊重貌")然。"火生土,金兼土形人。

[王] 丁壬化木。"木形之人,《中谷有蓷 tuī》、《兔爰》二篇,丁壬,左右井。比於上角(樂調名。角五音之一。按,角音分爲上角、大角、左角、鈦角、判角五類),似於蒼帝。其爲人蒼色,小頭,長面,大肩

背,直身,小手足。好有才,勞心,少力,多憂勞於事。能春夏,不能秋冬。秋冬感而生病,足厥陰佗佗(張介賓注曰"筋柔遲重之貌")然。兼明相法,故有二十五形容詞。大角之人,《揚之水》、《葛藟》二篇,戊癸,左右榮。比於左足少陽,少陽之上遺遺(張介賓注曰"柔退貌",明馬蒔《黃帝內經靈樞注證發微》謂"如有所遺失然,行之不驟而馴也")然。木生火,木兼火形人。左角之人,《君子揚揚①》、《采葛》二篇,甲己,左右腧。比於右足少陽,少陽之下隨隨(張介賓注曰"從順貌")然。火生土,木兼土形人。釱角之人,《君子于役》、《大車》(即《無將大車》)二篇,乙庚,左右經。比於右足少陽,少陽之上推推(張介賓注曰"前進貌")然。土生金,木兼金形人。判角之人,《黍離》、《丘中有麻》二篇,丙辛,左右合。比於左足少陽,少陽之下括括(張介賓注曰"方正貌")然。"金生水,木兼水形人。

陳 戊癸化火。"火形之人,《東門之楊》、《墓門》二篇,戊癸,左右井。比於上徵(樂調名。徵五音之一。按,徵音分爲上徵、質徵、少徵、右徵、質判五類),似於赤帝。其爲人赤色,廣䏐(通"矧"shěn,齒齦),銳面,小頭,好肩背髀腹,小手足。行安地,疾心,行搖,肩背肉滿。有氣(氣質)輕財,少信多慮,見事明,好顏,急心,不壽暴死。能春夏,不能秋冬。秋冬感而病生,手少陰核核(清張志聰《靈樞集注》"核核,真實之義,如火之神明正直也")然。質徵之人,《東門之池》、《防有鵲巢》二篇,甲己,左右榮。比於左手太陽,太陽之上肌肌(張介賓注曰"膚淺貌")然。火生土,火兼土形人。少徵之人,《衡門》、《月出》二篇,乙庚,左右腧。比於右手太陽,太陽之下慆tāo慆(張介賓注曰"慆慆,不反貌,又多疑也")然。土生金,火兼金形人。右徵之人,《東門之枌fén》、《株林》二篇,丙

---

① 揚揚,《毛詩》作"陽陽"。陽陽,通"揚揚",自得貌。

辛,左右經。比於右手太陽,太陽之上鮫鮫(張介賓注曰"踴躍貌")然。金生水,火兼水形人。質判之人,《宛丘》、《澤陂》二篇,丁壬,左右合。比於左手太陽,太陽之下支支頤頤(張介賓注曰"支支,枝離貌;頤頤,自得貌")然。"水生木,火兼木形人。

秦 丙辛化水。"水形之人,《終南》、《黃鳥》二篇,丙辛,左右井。比於上羽(樂調名。羽五音之一。按,羽音分爲上羽、大羽、少羽、衆羽、桎羽五類),似於黑帝。其爲人黑色,面不平,大頭,廉頤(尖下巴),小肩,大腹。動手足,發行搖身,下尻長,背延延然(修長貌)。不敬畏,善欺詒(dài,欺騙)人,戮死(指被刑戮而死)。能秋冬,不能春夏。春夏感而病生,足少陰汗汗(張介賓注曰"濡潤貌")然。大羽之人,《蒹葭》、《晨風》二篇,丁壬,左右榮。比於右足太陽,太陽之上頰頰(張介賓注曰"得色貌")然。水生木,水兼木形人。少羽之人,《小戎》、《無衣》二篇,戊癸,左右腧。比於左足太陽,太陽之下紆紆(yū yū,張介賓注曰"曲折貌")然。木生火,水兼火形人。衆(指衆羽)之爲人,《駟鐵》、《渭陽》二篇,甲己,左右經。比於右足太陽,太陽之下絜絜(《類經》作"潔潔",注曰"清淨貌"。絜,通"潔")然。火生土,水兼土形人。桎(指桎羽)之爲人,《車鄰》(同"鄰")》、《權輿》二篇,乙庚,左右合。比於左足太陽,太陽之上安安(張介賓注曰"定靜貌")然。"土生金,水兼金形人。

廓 五運之首。甲己化土。《素問》:"甲己之歲,土運統之。"又土主甲己。

隱白　大都　太白　商丘　陵泉(以上分別爲足太陰脾經之井、榮、腧、經、合五腧穴)

《本輸篇》(《靈樞》篇名):"脾出隱白。隱白者,足大指之端内側也,爲井木。溜(張介賓注"急流曰溜")於大都。大都,本節(骨骼部位名。指手掌或腳掌關節的圓形突起部)之後,下陷者之中也,爲滎(張介賓注"小水曰滎")。注於太白。太白,腕骨之下也,爲腧。行於商丘。商丘,内踝之下陷者之中也,爲經。入於陰之陵泉。陰之陵泉,輔骨(張介賓注"膝下兩旁突出之骨曰輔骨")之下,陷者之中也,伸而得之,爲合。足太陰也。"

《柏舟》	戊	陵泉左合 左合者,陰陽之道路也。
《牆有茨》	丁	商丘左經
《君子偕老》	丙	太白左腧
《桑中》	乙	大都左滎
《鶉之奔奔》	甲	隱白左井
《定之方中》	己	隱白右井
《蝃蝀》	庚	大都右滎
《相鼠》	辛	太白右腧
《干旄》	壬	商丘右經
《載馳》	癸	陵泉右合

衛五運之二。乙庚化金。《素問》:"乙庚之歲,金運統之。"又"金主乙庚"。

少商　魚際　大(同"太")淵　經渠　尺澤(以上分別爲手太陰肺經之井、滎、腧、經、合五腧穴)

《本輸篇》:"肺出於少商。少商者,手大指端内側也,爲井木。溜於魚際。魚際者,手魚也,(張介賓注:"手腕之前,大指本節之間,其肥肉隆起形如魚者,統謂之魚。寸口之前,魚之後,曰魚際穴。")爲滎。注於大淵。大淵,魚後一寸陷者中也,爲腧。行於經渠。經渠,寸口(診脈的部位名。兩手掌後一寸橈動脈處。凡肝、心、脾、肺、腎之脈皆會於此)中也,動而不居(止),爲經。入於尺澤。尺澤,肘中之動脈也,爲合。手太陰經也。"

《淇奥》	甲	尺澤左合
《考槃》	戊	經渠左經
《碩人》	丁	大淵左腧
《氓》	丙	魚際左滎
《竹竿》	乙	少商左井
《芄蘭》	庚	少商右井
《河廣》	辛	魚際右滎
《伯兮》	壬	大淵右腧
《有狐》	癸	經渠右經
《木瓜》	己	尺澤右合

王五運之三。丁壬化木。《素問》:"丁壬之歲,木運統之。"又"木主丁壬"。

大敦　行間　太衝　中封　曲泉(以上分別爲足厥陰肝經之井、滎、腧、經、合五腧穴)

《本輸篇》:"肝出於大敦。大敦者,足大指之端及三毛(張介賓注"大趾爪甲後二節間爲三毛")之中也,爲井木。溜於行間。行間,足大指之間也,爲滎。注於太衝。太衝,行間上二寸陷者之中也,爲腧。行於中封。中封,内踝之前一寸半,陷者之中,使逆則宛 yù,使和則通,(張介賓注:"言用鍼治此者,逆其氣則鬱,和其氣則通也。宛、鬱同。")搖足而得之,爲經。入於曲泉。曲泉,輔骨之下、大筋之上也,屈膝而得之,爲合。足厥陰也。"

《黍離》	丙	曲泉左合
《君子于役》	乙	中封左經
《君子揚揚》	甲	太衝左腧
《揚之水》	戊	行間左滎

《中谷有蓷》	丁	大敦左井
《兔爰》	壬	大敦右井
《葛藟》	癸	行間右滎
《采葛》	己	大衝右腧
《大車》	庚	中封右經
《丘中有麻》	辛	曲泉右合

陳五運之四。戊癸化火。《素問》："戊癸之歲,火運統之。"又"火主戊癸"。

中衝　勞宮　大陵　間使　曲澤(以上分別爲手少陰心經之井、滎、腧、經、合五腧穴)

《本輸篇》："心出於中衝。中衝,手中指之端也,爲井木。溜於勞宮。勞宮,掌中中指、本節之內間也,爲滎。注於大陵。大陵,掌後兩骨之間方下者也,爲腧。行於間使。間使之道,兩筋之間,三寸之中也,有過則至,無過則止,(馬蒔注："有過者,有病也。有病則其脈至,無病則其脈止。")爲經。入於曲澤。曲澤,肘內廉(側邊)下陷者之中也,屈而得之,爲合。手少陰也。"

《宛丘》	丁	曲澤左合
《東門之枌》	丙	間使左經
《衡門》	乙	大陵左腧
《東門之池》	甲	勞宮左滎
《東門之楊》	戊	中衝左井
《墓門》	癸	中衝右井
《防有鵲巢》	己	勞宮右滎
《月出》	庚	大陵右腧
《株林》	辛	間使右經
《澤陂》	壬	曲澤右合

秦五運之五。丙辛化水。《素問》："丙辛之歲,水運主之。"又"水主丙辛"。

湧泉　然谷　大谿　復留　陰谷(以上分別爲足少陰肺經之井、滎、腧、經、合五腧穴)

《本輸篇》："腎出於湧泉。湧泉者,足心也,爲井木。溜於然谷。然谷,然骨(隋唐間楊上善注："然骨在内踝下近前起骨是也。")之下者也,爲滎。注於大谿。大谿,内踝之後、跟骨(位於腳後跟的小骨)之上陷中者也,爲腧。行於復留。復留,上内踝二寸,動而不休,爲經。入於陰谷。陰谷,輔骨之後、大筋之下、小筋之上也,按之應手,屈膝而得之,爲合。足少陰經也。"

《車鄰》	乙	陰谷左合
《駟驖 tiě》	甲	復留左經
《小戎》	戊	大谿左腧
《蒹葭》	丁	然谷左滎
《終南》	丙	湧泉左井
《黄鳥》	辛	湧泉右井
《晨風》	壬	然谷右滎
《無衣》	癸	大谿右腧
《渭陽》	己	復留右經
《權輿》	庚	陰谷右合

六氣七十二篇附六篇,共七十八篇。

《天元紀大論》："帝曰:'善!何謂氣有多少,謂《詩》篇數目不同,多至二十一篇,少至七篇。舊來不知《詩》證,故無實據。形有盛衰?'五運各十篇,合爲五十篇。鬼臾區曰:'陰陽之氣,各有多少,厥陰應《鄭》二十一篇,太陰應《邶》二十篇,少陰應《唐》十二篇,少陽應《齊》十一篇,陽明應《魏》七篇,太陽應《豳》七篇。故曰三陰三陽也。形有盛衰,謂五行之治,各有太過、不及也。故其始也,有餘而往,不足隨之;《鄭》首五篇有餘,補《魏》不足;《邶》首五篇有餘,補《豳》不足。五與七合成十二月。不足而往,有餘從之。《魏》、《豳》各七篇不足,當補五篇,取《鄭》、《邶》首五篇之有餘,以補《魏》、《豳》之不足,即成一歲十二月。知迎知隨,氣可與期(預知)。應天爲天符,承歲爲歲直,三合爲治。①'帝曰:'上下相召奈何?'鬼臾區曰:'寒、暑、燥、濕、風、火,天之陰陽也,三陰三陽上奉之;(張介賓注:"謂厥陰奉風氣,少陰奉火氣,太陰奉濕氣,此三陰也。少陽奉暑氣,陽明奉燥氣,太陽奉寒氣,此三陽也。")木、火、土、金、水、火,地之陰陽也,生長化收藏下應之。(張介賓注:"謂木應生,火應長,土應化,金應收,水應藏也。")天以陽生陰長,地以陽殺陰藏。天有陰陽,地亦有陰陽。木、火、土、金、水、火,地之陰陽也,生長化收藏。② 故陽中有陰,陰中有陽。所以欲知天地之陰陽者,應天之氣(張介賓注"五行之應天干也"),動而不息,故五歲而右遷(指五運自東而西運轉,每五歲爲一周期);應地之氣(張介賓注"六氣之應地支也"),靜而守位,故六期(jī,周年)而環會。動靜相召,上下相臨,陰陽相錯,而變由生也。'帝曰:'上下周紀,其有數乎?'鬼臾區曰:'天以

---

① 清高世栻《素問直解》:"天符者,如甲己土運之歲,歲當己丑、己未,蓋己爲土運,而丑未爲太陰濕土。……五運之氣與司天之氣相應,故曰'應天爲天符'。歲直者,如甲己土運,歲當甲辰、甲戌、己丑、己未,蓋甲己運土,而辰、戌、丑、未屬土也。……五運之氣,承襲歲支,故曰'承歲爲歲直'。直,猶會也。三合者,五運之氣,司天之氣,歲支之氣,三者皆同。如戊午之歲,戊爲火運,午爲少陰君火,而午支亦屬乎火。……三合,又名太乙天符。爲治者,言天符、歲直、三合,無有餘無不足也。"按,主歲的司令之氣稱爲司天之氣。直,通"值"。
② 據張介賓《類經》注,"木火"以下十六字爲衍文。

六爲節,《周頌》六。地以五爲制,《商頌》五。周天氣者,六期爲一備;終地紀者,五歲爲一周。君火乾少陰子午。以明,相火坤少陽寅甲。以位。①五六相合,而七百二十氣(指節氣。十五日爲一節氣)爲一紀,凡三十歲;千四百四十氣,凡六十歲而爲一周。不及、太過,斯皆見矣。'"

鄭六氣之首。厥陰風木。《天元紀大論》:"巳亥之歲,上見厥陰。"又:"巳亥之歲②,厥陰主之。"(《素問·五運行大論》)《鄭》首五篇餘氣爲太過,補《魏》不足之七篇。其下十六篇與《齊》八篇合爲二十四氣。《齊》八篇爲八大節,十六篇分應十六小節。"六六三十六腧"(指人體六腑陽經三十六穴。語出《靈樞·九鍼十二原》)。六年七十二月,七十八者謂六氣合數之也。餘義詳《靈樞·經脈》後半篇。四離四合,一正一變。

膽六氣十六篇

竅陰　俠谿　臨泣　丘墟　陽輔　陵泉(以上分別爲足少陽膽經之井、榮、腧、原、經、合六腧穴)

《本輪篇》:"膽出於竅陰。竅陰者,足小指次指之端也,爲井金。溜於俠谿。俠谿,足小指、次指之間也,爲榮。注於臨泣。臨泣,上行一寸半陷者中也,爲腧。過於丘墟。丘墟,外踝之前下陷者中也,爲原。行於陽輔。陽輔,外踝之上、輔骨之前及絶骨之端(張介賓注:"外踝上骨際曰絶骨。絶骨之端,陽輔穴也。")也,爲經。入於陽之陵泉。陽之陵泉,在膝外陷者中也,爲合,伸而得之。足少陽也。"

---

① 張介賓注:"此明天之六氣惟火有二之義也。君者上也,相者下也。陽在上者,即君火也。陽在下者,即相火也。上者應離,陽在外也,故君火以明。下者應坎,陽在内也,故相火以位。火一也,而上下幽顯,其象不同,此其所以有辨也。"

② 據《素問·五運行大論》原文,"歲"當作"上"。

《詩經》經釋

《羔裘》	雨水	左前谷①滎	《齊》
《遵大路》	驚蟄	左後谿腧	
《女曰雞鳴》	清明	左陽谷經	
《有女同車》	穀雨	左小海合	
《山有扶蘇》	小滿	左俠谿滎	《鄭》
《蘀 tuò 兮》	芒種	左臨泣腧	
《狡童》	小暑	左陽輔經	
《褰 qiān 裳》	大暑	左陵泉合	
《丰兮②》	處暑	右前谷滎	《齊》
《東門之墠 shàn》	白露	右後谿腧	
《風雨》	寒露	右陽谷經	
《子衿》	霜降	右小海合	
《揚之水》	小雪	右俠谿滎	《鄭》
《出其東門》	大雪	右臨泣腧	
《野有蔓草》	小寒	右陽輔經	
《溱洧 zhēn wěi》	大寒	右陵泉合	

邶六氣之二。太陰濕土。《天元紀大論》:"丑未之歲,上見太陰。"又:"丑未之上,太陰主之。"(《素問·五運行大論》)《邶》首五篇氣爲太過,以下十二篇應一年十二月,末三篇屬三陰。餘義詳《靈樞·陰陽繫日月》。

胃六氣十二篇

厲兌　內庭　陷谷　衝陽　解谿　下陵(以上分別爲足陽明胃經之井、滎、腧、原、經、合六腧穴)

《本輸篇》:"胃出於厲兌。厲兌者,足大指内次指之

---

① 前谷,手太陽小腸經所屬六腧穴之井穴名。按,手太陽小腸經所屬井、滎、腧、原、經、合六腧穴分別爲少澤、前谷、後谿、腕骨、陽谷、小海。

② 據《詩經》原文,"兮"字衍。

端也,爲井金。溜於内庭。内庭,次指外間也,爲榮。注於陷谷。陷谷者,上中指内間上行二寸陷者中也,爲腧。過於衝陽。衝陽,足跗(fū,足背)上五寸陷者中也,爲原。搖足而得之,行於解谿。解谿,上衝陽一寸半陷者中也,爲經。入於下陵。下陵,膝下三寸,䯒héng骨(小腿脛)外三里(指足三里穴)也,爲合。復下三里三寸爲巨虚上廉(即上巨虚穴),復下上廉三寸爲巨虚下廉(即下巨虚穴)也。大腸屬上,小腸屬下。(楊上善注:"足陽明脈行此虛中,大腸之氣在上廉中與陽明合,小腸之氣在下廉中與陽明合,故曰'大腸屬上,小腸屬下'。")足陽明,胃脈也。大腸、小腸皆屬於胃,是足陽明也。"

《擊鼓》分一篇。	四月	左衝陽原
《爰居》	五月	左解谿經
《凱風》	六月	左下陵合七子,二十八宿分方,各得七宿。(《邶風·凱風》:"有子七人,母氏勞苦。")
《雄雉》	正月	左厲兌井
《匏有苦葉》	二月	左内庭榮
《谷風》	三月	左陷谷腧
《式微》	七月	右厲兌井
《旄丘》	八月	右内庭榮
《簡兮》	九月	右陷谷腧
《泉水》	十月	右衝陽原
《北門》	十一月	右解谿經
《北風》	十二月	右下陵合

唐六氣之三。少陰君火。《天元紀大論》:"子午之歲,上見少陰。"又:

"子午之上,少陰主之。"(《素問·五運行大論》)唐地處孟冬之位,以君火得十二月之正例,爲平氣(五運之氣既非太過又非不及者爲平氣)。餘義詳《靈樞·經別》。

三焦六氣十二篇

關衝　液門　中渚　陽池　支溝　天井(以上分別爲手少陽三焦經之井、滎、腧、原、經、合六腧穴)

《本輸篇》:"三焦者,上合手少陽,出於關衝。關衝者,手小指次指之端也,爲井金。溜於液門。液門,小指、次指之間也,爲滎。注於中渚。中渚,本節之後陷者中也,爲腧。過於陽池。陽池,在腕上陷者中也,爲原。行於支溝。支溝,上腕三寸,兩骨之間陷者中也,爲經。入於天井。天井,在肘外大骨之上陷者中也,爲合,屈肘乃得之。三焦下腧(楊上善注"三焦下行氣聚之處"),在於足大指①之前,少陽之後,出於膕(guó。張介賓注:"膝後曲處曰膕。")中外廉,名曰委陽,是太陽絡也②。手少陽經也。三焦者,足少陽、太陰一本作"陽"。之所將(張介賓注:"將,領也。"),太陽(指足太陽經)之別也。上踝五寸,別入貫腨 shuàn 腸(小腿肚。馬蒔注:"腨腓,即足腹也。"),出於委陽,並太陽之正,入絡膀胱,約(約束)下焦。實則閉癃(lóng,小便不通),虛則遺溺(同"尿")。遺溺則補之,閉癃則瀉之。"

《蟋蟀》　　亥　左關衝井"十月蟋蟀入我牀下"(《豳風·七月》)。按,亥爲十月。

《山有樞》　　戌　左液門滎

---

① 據《靈樞·邪氣臟腑病形》、《甲乙經》、《黃帝内經太素》,"足大指"當作"足太陽"。
② "是太陽絡也",《甲乙經》作"此足太陽之別絡也",於文爲備。

《揚之水》　　酉　左中渚腧 "白石"、"素衣"。(《揚之水》:
　　　　　　　　　　　"白石鑿鑿"、"白石皓皓"、"白
　　　　　　　　　　　石粼粼"、"素衣朱襮"、"素衣
　　　　　　　　　　　朱繡"。)

《椒聊》　　　申　左陽池原

《綢繆》　　　未　左支溝經

《杕杜》　　　午　左天井合

《羔裘》　　　巳　右關衝井

《鴇羽》　　　辰　右液門滎 "悠悠蒼天",東爲蒼天。

《無衣》　　　卯　右中渚腧

《有杕之杜》　寅　右陽池原

《葛生》　　　丑　右支溝經 "冬之夜,夏之日"。

《采苓》　　　子　右天井合 "首陽之巔"。按,"陽生於子"
　　　　　　　　　　　(《淮南子·天文訓》),故爲
　　　　　　　　　　　首陽。

齊 六氣之四。少陽相火。《天元紀大論》:"寅申之歲,上見少陽。"又:"寅申之上,少陽主之。"(《素問·五運行大論》)《齊》首三篇爲三陽,補《風》詩三十三天,以成三十六篇。其下八篇爲八風,合《鄭》十六節氣,正兩歲二十四月。

《靈樞·九宮八風篇》:"太一常以冬至之日,居叶 xié 蟄之宮(坎宮)四十六日,明日(次日)居天留(艮宮)立春。四十六日,明日居倉門(震宮)春分。四十六日,明日居陰洛(巽宮)立夏。四十五日,明日居天宮(離宮)夏至。四十六日,明日居玄委(坤宮)立秋。四十六日,明日居倉果(兌宮)秋分。四十六日,明日居新洛(乾宮)立冬。四十五日,明日復居叶蟄之宮,曰冬至矣。"

小腸六氣八篇

少澤　前谷　後谿　腕骨　陽谷　小海(以上分別爲手

太陽小腸經之井、滎、腧、原、經、合六腧穴）

　　《本輸篇》："手太陽小腸者，上合手太陽，出於少澤。少澤，小指之端也，爲井金。溜於前谷。前谷，在手外廉本節前陷者中也，爲滎。注於後谿。後谿者，在手外側本節之後也，爲腧。過於腕骨。腕骨，在手外側腕骨（骨名）之前，爲原。行於陽谷。陽谷，在銳骨（張介賓謂"掌後高骨爲手銳骨"）之下陷者中也，爲經。入於小海。小海，在肘內大骨之外，去端半寸陷者中也，伸臂而得之，爲合。手太陽經也。"

《東方之日》	立春	左少澤井	《齊》
《東方未明》	春分	左腕骨原	
《南山》	立夏	左竅陰井	《鄭》
《甫田》	夏至	左丘墟原	
《盧令》	立秋	右少澤井	《齊》
《敝笱 gǒu》	秋分	右腕骨原	
《載驅》	立冬	右竅陰井	《鄭》
《猗 yī 嗟》	冬至	右丘墟原	

魏 六氣之五。陽明燥金。《天元紀大論》："卯酉之歲，上見陽明。"又："卯酉之上，陽明主之。"（《素問·五運行大論》）魏地處季冬之位，與鄭爲一氣，以首有餘之五篇，補入《魏》之七篇，爲一歲十二月。餘義詳《靈樞·經水》。

　　商陽　前二間　後三間　合谷　陽谿　曲池（以上分別爲手陽明大腸經之井、滎、腧、原、經、合六腧穴）

　　《本輸篇》："大腸上合手陽明，出於商陽。商陽，大指次指之端也，爲井金。溜於本節之前二間，爲滎。注於本節之後三間，爲腧。過於合谷。合谷，在大指、歧骨（張介賓謂大指、次指本節後骨縫爲歧骨）之間，爲原。行於陽谿。陽谿，在兩筋間陷者中也,爲經。入於曲池,在肘外輔骨陷者中也,屈臂而得之,爲合。手陽明也。"

膽有餘五篇《內經》曰:其甚者其數五(《素問》原文作"甚紀五分")。

《緇衣》	正月	左商陽井
《將仲子》	二月	左前二間滎
《清人》清當作"青",同"緇"。	三月	左後三間腧 "左旋右抽,中軍作好"。六氣合左右爲十二月、十二節。
《叔于田》	四月	左合谷原
《太叔于田》	五月	左陽谿經

大腸六氣不足七篇《內經》曰:其微者其數七(《素問》原文作"微紀七分")。

《葛屨 jù》	六月	左曲池合 葛屨(葛製之鞋)、縫裳,爲左右之應。
《汾沮 jū 洳 rù》	七月	右商陽井 分陰分陽。十月乃分陰之始。
《園有桃》	八月	右前二間滎
《陟岵 zhì hù》	九月	右前三間腧
《十畝之間》	十月	右合谷原 "十畝"應十月。
《碩鼠》	十一月	右陽谿經 子屬鼠,"碩鼠"應之。
《伐檀》	十二月	右曲池合

䢴六氣之六。太陽寒水。《天元紀大論》:"辰戌之歲,上見太陽。"又:"辰戌之上,太陽主之。"(《素問‧五運行大論》)《䢴》與《邶》爲一氣,以《邶》首有餘之五篇,合《䢴》不足七篇,以應一歲十二月。餘義詳《靈樞‧經筋》。

至陰　通谷　束骨　京骨　崑崙　委中（以上分别爲足太陽膀胱經之井、滎、腧、原、經、合六腧穴）

《本輸篇》："膀胱出於至陰。至陰者，足小指之端也，爲井金。溜於通谷。通谷，本節之前外側也，爲滎。注於束骨。束骨，本節之後陷者中也，爲腧。過於京骨。京骨，足外側大骨之下，爲原。行於崑崙。崑崙，在外踝之後、跟骨之上，爲經。入於委中。委中，膕中央，爲合，委（曲）而取之。足太陽也。"

胃有餘五篇

《燕燕》	正月	左至陰井
《緑衣》	二月	左通谷滎
《柏舟》	三月	左束骨腧
《日居》①	四月	左京骨原
《終風》	五月	左崑崙經

膀胱六氣不足七篇

《鴟鴞 chī xiāo》	六月	左委中合 "鴻雁"、"鶴鳴"、"黄鳥"、"燕羊"②，《小雅》四物居終，與 "鴟鴞" 合。
《七月》	七月	左至陰井
《東山》	八月	右通谷滎
《九罭》	九月	右束骨腧 "九罭"（九囊之網）應九月，與 "十畝" 合十。
《破斧》	十月	右京骨原

---

① 據《詩經》原文，"日居" 當作 "日月"。
② 據《詩經》原文，"燕羊" 當作 "無羊"。

《伐柯》	十一月	右崑崙經
《狼跋》	十二月	右委中合

小雅三十七篇 由《鹿鳴》至《無羊》三十輻，加《小旻》、《小宛》、《小弁 biàn》三小天，《鹿斯之奔》、《巧言》、《何人斯》、《巷伯》四讒，合三十七篇，以應三十六宮，多一篇。

《考工記・輈 zhōu 人》："軫（車廂底部四面的橫木）之方也，"二子乘舟"，當作"輈"字。以象地也；《小雅》三十篇，一轂三十輻。蓋之圜（同"圓"）也，以象天也；二十八宿。輪輻三十，"三十維物（指多種毛色。三十為虛數，泛言衆多。物，牲畜的毛色），爾牲（供祭祀用的牲畜）則具"（《小雅・無羊》）。以象日月也。""日"字衍文。○《小雅》從《鹿鳴》至《無羊》得三十篇，以象一月之數。

　　　　上方屬辰戌土。六甲。

《鹿鳴》每篇占四候。下同。

《四牡》

《皇皇者華》

　　　　上方屬寅木。六丁。

《常棣》立春。

《伐木》雨水。

《天保》驚蟄。

　　　　上方屬卯木。六壬。

《采薇》春分。

《出車》清明。

《杕杜》穀雨。

　　　　上方屬巳火。六戊。

《魚麗》立夏。

《南有嘉魚》小滿。
《南山有臺》芒種。
　　　上方屬午火。六癸。
《蓼蕭》夏至。
《湛露》小暑。
《彤弓》大暑。
　　　下方屬丑未土。六己。
《菁菁者莪》每篇占四候。下同。
《六月》午、未、申、酉、戌、亥，謂之六月。
《采芑》
　　　下方屬申金。六乙。
《車攻》立秋。
《吉日》處暑。
《鴻雁》白露。鴻雁來賓，法陰陽也。
　　　下方屬酉金。六庚。
《庭燎》秋分。
《沔水》寒露。
《鶴鳴》霜降。
　　　下方屬亥水。六丙。
《祈父》立冬。
《白駒》小雪。與《秦》"有馬白顛"（指馬額有白毛。顛，額頭）相同。
《黃鳥》大雪。"黃鳥於飛"。《小雅》主篇言黃鳥，《秦》詩亦言黃鳥。
　　　下方屬子水。六辛。
《行野》冬至。
《斯干》小寒。
《無羊》大寒。《小雅》一轂三十輻從此止。

三小天

《小旻》孔子。

《小宛》周公。

《小弁》文、武。

四讒《論語》"遠佞人"(《論語·衛靈公》)。此四篇皆疾讒。

《鹿斯之奔》東。分《小弁》"鹿斯之奔"爲一篇，附《青蠅》。鹿、雉、兔皆東方之物。

《巧言》北。"居河之麋(méi，通"湄"，水邊)"。

《何人斯》西。"不自北"，"不自南"，"逝我梁"。天皇西方爲大梁，地上九州爲梁州。

《巷伯》南。"寺人孟子"，讀作詩人。"南箕"(南方的箕星)、"投彼①有北"。

按，三小天、四讒七篇，爲《小雅》變風變雅②之始。

大雅三十五篇 由《文王》至《常武》二十八篇，加《雲漢》、《瞻卬(同"仰")》、《召旻》三大天，《節南山》、《正月》、《十月》、《雨無正》四時，爲三十五篇，以象《易》上下經，應三十六宮，少一篇。

《考工記》："蓋弓二十有八，以象星也；《大雅》從《文王》至《常武》二十八篇配恒星，天九星照曜。龍旂九斿(liú，旌旗上的飄帶)，《文王》九篇象九斿。以象大火也；房星爲大火。《詩》"七月流火"。(鄭玄《周禮注》："大火，蒼龍宿之心。"孔穎達《尚書正義》："房、心連體，心統其名。《詩》稱'七月流火'，皆指房、心爲火。")鳥旂七斿，"七"當爲

---

① 據《詩經》原文，"彼"當作"畀"。畀，給予。
② 變風變雅，指《風》、《雅》中周政衰落時期的作品。與此相對，正風正雅指《風》、《雅》中西周王朝興盛時期的作品。語出《毛詩大序》："至于王道衰，禮義廢，政教失，國異政，家殊俗，而變風變雅作矣。"

"八"。○《生民》八篇象八風。以象鶉火也；南方七宿，有鶉首、鶉火、鶉尾之分。熊旗六斿，《鳳凰于飛》六篇爲六氣，應《周南·桃夭》六篇。以象伐也；西方白虎七宿。龜蛇四斿，"四"當爲"五"。《嵩高》五篇爲五運，應《關雎》五篇。以象營室也。五運從東方起，以下轉南、轉西，至北方營室止。弧旌枉矢，以象弧也。"（唐賈公彥疏："云'弧旌'者，弧，弓也。旌旗有弓，所以張縿幅，故曰弧旌也。云'枉矢'者，就旌旗張縿弓上，亦畫枉矢於上。"按，縿指旌旗的正幅。）九五合十四，八六合十四，共爲二十八宿。《召南》十四篇，《坎》、《離》十四卦，與此二十八篇相合。

文王九篇

《三部九候論》（《內經·素問》篇名）："帝曰：'願聞天地之至數（唐王冰注"至數謂至極之數也"），合於人形血氣，通決死生，爲之奈何？'岐伯曰：'天地之至數，始於一，終於九焉。從《文王》至《下武》九篇。一者天，《文王》三。二者地，《皇矣》三。三者人，《棫 yù 樸》三。因而三之，從一至三。三三者九，由三而九下篇。以應九野。九天爲九野。故人有三部，上、中、下各有詩。部有三候，三分天地人。以決死生，以處百病，以調虛實，而除邪疾。'帝曰：'何爲三部？'岐伯曰：'有下部，"下武維周"，（語出《大雅·下武》。毛傳："武，繼也。"鄭箋："下，猶後也。後人能繼先祖者，維有周家最大。"）"下"字明文。有中部，"黃流在中"，（語出《大雅·旱麓》。清陳奐傳疏："黃即匀，流即酒，故傳云'流，酆也'。酆，秬酆。'黃流在中'，言秬酆之酒自勺中流出也。"）"中"字明文。有上部，"文王在上"（《大雅·文王》），"上"字明文。部各有三候。三候者，有天有地有人也，必指而導之，乃以爲真。上部天，《文王》。兩額之動脈；上部地，《綿》。兩頰之動脈；上部人，《大明》。耳前之動脈。中部天，《棫樸》。手太陰也；中部地，《思齊》。手陽明也；中部人，《旱麓》。手少陰也。下部天，《皇矣》。足厥陰也；下部地，《下武》。足少陰也；下部人，《靈臺》。足太陰也。故下部之天以候(診察)肝，厥陰。地以候腎，少陰。人以候脾太陰。胃"胃"字衍。之氣。'帝曰：'中部之候二本不同。奈何？'岐伯曰：'亦有天，亦有地，亦有人。天以候肺，寸口(見前注)。地以候胸中之氣，人以候心。'帝曰：'上部以何候之？'岐伯曰：'亦有天，亦有地，亦有人。天以候頭角之氣，地以候口齒之氣，人以候耳目之氣。三部者，各有天，各有地，各有人。三而成天，三而成地，三而成人。三而三之，合則爲九，九分爲九野，九野爲九藏。故神藏五，(王冰注："所謂神藏者，肝藏魂，心藏神，脾藏意，肺藏魄，腎藏志也。以其皆神氣居之，故云神藏五也。")形藏四，(王冰注："所謂形藏者，皆如器外張虛而不屈，含藏於物，故云形藏也。所謂形藏四者，一頭角，二耳目，三口齒，四胸中也。")合爲九藏。五藏已敗，其色必夭，夭必死矣。'"

《文王》東方曰蒼天，其星房、心、尾。

《大明》東北曰變 xiè 天，其星箕、斗、牽牛。

《緜》北方曰玄天，其星須女、虛、危、營室。

《棫樸》西北曰幽天，其星東壁、奎、婁。

《旱麓》中央曰鈞天，其星角、亢、氐。

《思齊》西方曰昊天，其星胃、昴、畢。

《皇矣》西南曰朱天，其星觜巂、參、東井。

《靈臺》南方曰炎天，其星輿、鬼、柳、七星。

《下武》東南曰陽天，其星張、翼、軫。

《文王有聲》如北斗、皇王、皇后、文王、武王；如《尚書》二十八篇，加《皇篇》。

生民八篇

《淮南‧天文訓》："何謂八風？距日冬至四十五日條

風至,立春,屯 zhūn。條風至四十五日明庶風至,春分,蒙。明庶風至四十五日清明風至,立夏,需。清明風至四十五日景風至,夏至,訟。景風至四十五日涼風至,立秋,師。涼風至四十五日閶闔風至,秋分,比。閶闔風至四十五日不周風至,立冬,小畜。不周風至四十五日廣莫風至。"冬至,履。(據《易·序卦》,乾、坤二卦之後的八卦依次爲:屯、蒙、需、訟、師、比、小畜、履。)

《生民》屯。

《行葦》蒙。

《既醉》需。

《鳧鷖 yī》訟。"公尸",周公、召公也。"公"字指周公,"尸"字指召公。

　　以上四篇應《檜風》。

《公劉》師。

《假樂》比。

《泂 jiǒng 酌》小畜。

《卷阿》履。

　　以上四篇應《曹風》。

《鳳凰于飛》分一篇四章。法四時。

《民勞》五章。法五音。

《板》法六律。"天之牖(通"誘",誘導)民,如壎 xūn［長女］如篪 chí［長男］,如璋［中男］如圭［中女］,如取［少男］如攜［少女］。"[1]六見。[2]

《蕩》法七星。七"文王曰咨"。

---

[1] 按,廖平原書引文内,有字號更小的箋注,今統一用小五號字體,外加方括號,以與本書其它注釋相區別。

[2] 參《易·説卦傳》:"乾,天也,故稱乎父。坤,地也,故稱乎母。震一索而得男,故謂之長男。巽一索而得女,故謂之長女。坎再索而得男,故謂之中男。離再索而得女,故謂之中女。艮三索而得男,故謂之少男。兑三索而得女,故謂之少女。"

《桑柔》法八風。

《抑》法九野、九德(賢人所具備的九種優良品德。九德內容,說法不一。《書·皋陶謨》認爲指"寬而栗,柔而立,愿而恭,亂而敬,擾而毅,直而溫,簡而廉,剛而塞,彊而義")。十二章,前四章統威儀,後八章首言、次視、三動、四聽。(《論語·顏淵》:"子曰:'非禮勿視,非禮勿聽,非禮勿言,非禮勿動。'")毛本誤列前。

以上六篇應《桃夭》六篇。

《崧高》南。"召伯是營,有俶(chù。毛傳:"俶,作也。")其城","我圖爾居,莫如南土"。

《烝民①》東。"仲山甫(周宣王時賢臣。因受封於樊,又稱樊侯)徂(cú,往)齊","城(築城)彼東方"。

《韓奕》北。"奄受北國"(鄭箋:"令撫柔其所受王畿背面之國。"奄,覆蓋,包括;引申爲安撫)。

《江漢》西。《江漢》"武夫",皆西方;《簡兮》"西方美人","有力如虎"。

《常武》中。"六師"(天子所統六軍之師)、"天子"。

以上五篇應《關雎》五篇。

三大天

《雲漢》應《小弁》。

《瞻卬》應《小宛》。

《召旻》應《小旻》。

四時

《節南山》"四方"二見,惟《大雅》乃有"四方"。

《正月》"有皇上帝"。"赫赫宗周(指西周都城鎬京。周王室爲天下諸侯所宗仰,故其都城鎬京稱宗周),褒姒(周幽王第二任王后,褒國女,姒姓)滅之"。

---

① 據《詩經》原文,"蒸民"當作"烝民"。

《十月之交》—見"四方"。

《雨無正》"昊天"與"旻天"並見。"周宗①既滅"。

此四篇大《小雅》四讒。《大雅·正月》、《十月》,毛本誤入《小雅》;今據《大雅》多見"四方"字,故歸入《大雅》,以還舊觀。按,《大雅》三大天與四時七篇,以象變風變雅之説,故以此終之。

小頌三十三篇 分《瞻洛》(即《瞻彼洛矣》)十一篇、《魚藻》十一篇、《菀柳》十一篇,加《邶》末三篇,合爲三十六篇,以應三十六宮。

《論語》"《雅》、《頌》各得其所",《雅》有大小,故知《頌》亦有大小也。小《頌》配三京,分上中下各十一篇,應《大雅》、三大《頌》,於《易》應巽、震、艮、兑、兩濟(即既濟、未濟)。

《氣交變大論》(《素問》篇名):"《上經》曰:'夫道者,上知天文,下知地理,中知人事,可以長久。'"按《易》乃分上、下經,而《内經》他篇亦有《下經》明文,(張介賓云:"《上經》、《下經》,古經名也。")知《上經》、《下經》確爲《易》之師説。

瞻洛十一篇 爲京周,爲上知天文。配巽、震,應《周頌》。

《谷風》長女巽爲風。谷風,東風也。

《蓼莪》"南山"、"飄風"。南與北相反,南風也。

《大東》"維天有漢"監光,(《大東》原文爲:"維天有漢,監亦有光。"孔疏:"維天之有漢,仰監視之,亦有精氣之光,是徒有光而無明。")"織女"、

---

① 據馬瑞辰《毛詩傳箋通釋》,"周宗"當爲"宗周"之傳寫誤倒。宗周指王室言之,周宗則指與周同姓。《左傳》昭公十六年引《詩》正作"宗周"。

"牽牛"、"啟明"、"長庚"、"天畢"(即畢宿,由八星組成,狀如捕兔之長柄網)、"南箕"、"北斗",皆屬天。

《四月》"冬日"、"飄風"。北與南相對,北風也。

《裳裳者華》

京周《瞻洛》上知天文。巽、震。

《桑扈》

《北山》十二"或"字對文。

《大車》喻雷也。《常武》:"徐方(徐國,亦稱徐戎,故城在今安徽泗縣北。方,方國)繹騷(擾動。據馬瑞辰《毛詩傳箋通釋》,繹本指抽絲,引申爲擾動,與騷之訓擾同義),震驚徐方,如霆如雷,徐方震驚。王奮厥武(指周宣王奮揚其威武),如震如怒。進厥虎臣(勇武之臣,虎賁之士),闞(hǎn,虎怒貌)如虓(xiāo,虎吼)虎。"

《小明》"上天"、"下土"。"二月初吉,載離寒暑",應十二月。

《鼓鐘》長男震爲雷。"鼓鐘"象雷聲。

魚藻十一篇爲周京,爲下知地理。配艮、兌,應《商頌》。

《楚茨》

《南山》(指《信南山》)少男艮爲山。農工。

《甫田》"以(帶領)其婦子(指農夫之婦子),饁(yè,給耕者送飯)彼南畝(指田土。南坡向陽,利於農作物生長,古人田土多向南開闢,故稱)。田畯(jùn。田大夫,掌農事之官)至喜(通"饎"chì,酒食。此作動詞,指吃酒食),攘(通"讓",揖讓)其左右。"

《大田》

《采菽》

京周《魚藻》下知地理。艮、兌。

《角弓》

《鴛鴦》

《頍弁 kuǐ biàn》

《車舝 xiá》少女艮①爲澤。"季女"(少女)、"碩女"(清王先謙《詩三家義集疏》謂"大德之女")。

《賓筵》

菀柳十一篇爲京師,爲中知人事。配既濟、未濟,應《魯頌》。

《黍苗》"悠悠南行"。

《隰桑》二篇屬南。

《白華》"滮 biāo 池(水名,鄭玄謂在豐、鎬之間)北流"。

《綿蠻》二篇屬北。

《都人士》

京師《菀柳》中知人事。既濟、未濟。

《采綠》

《瓠 hù 葉》三"有兔斯首"。兔,東方之物。瓠,音近"魯",東方國名。

《漸石》(即《漸漸之石》)二篇屬東。三"武人東征"。

《苕之華》"牂 zāng 羊(母羊)墳首(大頭。朱熹集傳:"墳,大也。羊瘠則首大。"),三星在罶"。"兌爲羊"(《易·説卦》);兌,西方。罶,同"昴"(昴爲西方之宿)。

《何草不黃》二篇屬西。二"哀我征夫",征夫乃二公。

《小雅》三十七篇,《大雅》三十五篇,爲上下經三十六宮,一年七十二候,不應《小雅》多至三十三篇。今分《谷風》以下至《何草不黃》三十三篇爲三小《頌》,與三大《頌》相對,是"各得其所"(語出《論語·子罕》:"子曰:'吾自衛反魯,然後樂正,《雅》、《頌》各得其所。'")之義。小《頌》配三京,每京十一篇,仿《易》下經六氣,四六二十四宮,(廖平《易經經釋》謂"損益、巽震、艮兌、兩濟四朋,合二十四

---

① 艮,疑爲"兌"之訛,《易·説卦傳》謂"兌爲澤,爲少女"。

卦",即二十四宮。)缺損益一朋六卦,餘十八宮,三六十八卦。巽震爲上知天文,艮兌爲下知地理,兩濟爲中知人事,可以長久。

邶末三篇

《靜女》厥陰。

《新臺》太陰。

《二子乘舟》少陰。

《六微旨大論》:"厥陰之上,風氣治之,中讀作"合"。見少陽;少陰之上,熱氣治之,中合。見太陽;太陰之上,濕氣治之,中合。見陽明。"

按《內經》:"上下有位,左右有紀。移光定位,正立而待之。(王冰注:"上下,謂司天地之氣二也。餘左右四氣,在歲之左右也。移光,謂日移光;定位,謂面南觀氣。正立觀歲,數氣之至,則氣可待之也。")本之下,中之見也。見之下,氣之標也。"(語出《素問·六微旨大論》。張介賓注:"蓋上之六氣,爲三陰三陽之本;下之三陰三陽,爲六氣之標,而兼見於標本之間者,是陰陽表裏之相合,而互爲中見之氣也。")即此篇之傳說(指解經之學說)。

三大頌十五篇《周頌》六篇,《魯頌》四篇,《商頌》五篇,與十五《國風》相合,應《易》上經三十六卦。

《六節藏象論》(《內經·素問》篇名):"黃帝問曰:'余聞天以六六《周頌》六。之節,以成一歲,人以九九《魯頌》四,《商頌》五,四五合爲九。制會,(王冰注:"六六之節,謂六竟於六甲之日,以成一歲之節限;九九制會,謂九周於九野之數,以制人形之會通也。")計人亦有三百六十五節(腧穴,或謂骨節),以爲天地久矣,不知其所謂也?'岐伯對曰:'昭(詳明)乎哉問也。請遂言之。夫六六之節、九九制會者,所以正(校正,確定)天之度、氣之數也。天度者,所以制日月之行也;氣數者,所以紀(通"記",標誌)化生之用也。(高世栻《素問直解》:"天度,周天三百六十五度也;氣數,二十四氣之常數也。")天爲陽,地爲陰,日爲陽,月爲陰,行有分紀(分野紀度,指天體上一定的區域和度數),周有道理(指日月的周行有一定軌道),日行一度,月行十三度而有奇焉。故大小月三百六十五日而成歲,積氣(指節氣)餘而盈閏(指閏月)矣。立端於始,(指確定冬至節的時間,爲一歲陽氣之始。端,歲首,即冬至節。)表正於中,(王冰注:"表,彰示也。正,斗建也。中,月半也。言示斗建於月半之辰。"按,古時以北斗星的運轉計算月令,斗柄所指之辰謂之斗建。一說用圭表測日影,以校正時令節氣。)推餘於終(指月有餘日,則歸之於終,積而成閏),而天度畢矣。'帝曰:'余已聞天度矣,願聞氣數何以合之?'岐伯曰:'天以六六爲節,地以九九制會。天有十日(王冰注:"十日謂甲乙丙丁午己庚辛壬癸之日也。"),日六竟而周甲(指十天干六輪用過之後,形成一個甲子週期),甲六(指六個甲子)復而終歲,三百六十日法也。夫自古通天者,生之本,本於陰陽,其氣九州九竅,皆通乎天氣(上天之氣)。故其生五(指五行),其氣三(指天地人三氣,或謂清陽之氣、濁陰之氣、合和之氣),三而成天,三而成地,三而成人(指天地人三氣又各有清陽之氣、濁陰之氣、合和之氣),三而三之,合則爲九,九分爲九野,九野爲九藏。故形藏四,《魯頌》。神藏五,《商頌》。合爲九藏,以應之也。'"

周頌六篇 按,《周頌》原本六篇,《毛詩》仿《大雅》之數分爲三十一篇,甚至單行零句僅十八字即爲一篇者,破碎支離不可究詰。今援《左傳》武王作《武》,其分章六(詳《左傳》宣公十二年),引詩文相證,故合三十一篇爲六篇，以釋羣疑。《周頌》法天，天以六爲節，六六三十六，應前腑腧七十二穴（指六腑之大腸、小腸、膀胱、三焦、胃、膽各有井、榮、腧、原、經、合六穴，六六三十六穴，左右共有七十二穴），又應《易》乾坤十二卦。（據廖平《易經經釋》"上經三十卦分三十朋表"，乾坤十卦指乾、坤、屯、蒙、需、訟、師、比、小畜、履，"乾、坤雙卦，二以六起數，作十二卦用"。）

《大武》時邁　執競　賚　　　子午少陰君火。
　　　　酌　般　桓　武　　應乾。
《清廟》維天　維清　天作　　寅申少陽相火。
　　　　昊天　我將　　　　應坤。
《思文》良耜　臣工　載芟shān　巳亥厥陰風木。
　　　　噫嘻　豐年　　　　　應屯、蒙。
《有客》振鷺　潛　　　　　丑未太陰濕土。
　　　　有瞽　　　　　　　應需、訟。
《雝yōng》烈文　載見　　　卯酉陽明燥金。
　　　　絲衣　　　　　　　應師、比。
《閔予小子》訪落　敬之　　辰戌太陽寒水。
　　　　　　小毖　　　　　應小畜、履。

《天元紀大論》："鬼臾區曰：'臣積考（反復考察）《大始天元册》（上古專記天真元氣運行之書，已佚。大，同"太"）文曰：太虛（宇宙）寥廓（無邊無際），肇基（原始之基礎）化元（變化之本源），皆無生育。萬物資始（藉以開始），萬物後太虛而生。五運終天，布氣真靈，總統坤元（大地。典出《易·坤》："至哉坤元，萬物資生，乃順承天。"），九星（王冰注："九星，謂天蓬、天內、天衝、天輔、天禽、天心、天任、天柱、天英。"）懸朗，恆星天。七曜（日、月和金、木、水、火、土五星）周旋，行星天。曰陰曰陽，曰柔曰剛，幽顯既位（指陰陽、夜晝各得其序），寒暑弛張（寒暑往來），生生化化（生生不息，變化無窮），品物（萬物）咸章（彰顯）。臣斯十世，此之謂也。'"張介賓注："言傳習之久,凡十世於茲者,此道之謂也。")○帝曰:'其於三陰三陽,合之奈何?'鬼臾區曰:'子午之歲,上見少陰;以君火爲主。丑未之歲,上見太陰;寅申之歲,上見少陽;相火代君火用。卯酉之歲,上見陽明;辰戌之歲,上見太陽;巳亥之歲,上見厥陰。木氣在東。少陰所謂標也,乾爲首。厥陰所謂終也。由子午而推巳亥爲終。厥陰之上,風氣主之;分六淫(指風、寒、暑、濕、燥、火六氣太過)之氣。○立春。少陰之上,熱氣主之;立夏。太陰之上,濕氣主之;長夏。少陽之上,相火主之;陽明之上,燥氣主之;立秋。太陽之上,寒氣主之。立冬。所謂本也,是謂六元。'"

《五運行大論》:"子午之上,少陰主之;丑未之上,太陰主之;寅申之上,少陽主之;卯酉之上,陽明主之;辰戌之上,太陽主之;巳亥之上,厥陰主之。"

魯頌四篇 《魯頌》法人,人以四爲度,形藏四,四即"四勿"(指"非禮勿視,非禮勿聽,非禮勿言,非禮勿動",語見《論語·顏淵》),與前《召南》十四篇二十八宿四方天相同,應《易》離坎十四卦,(據廖平《易經經釋》"上經三十卦分三十朋表",離坎十卦指離、坎、大過、頤、大畜、无妄、復、剥、賁、噬嗑,"離、坎、大過、頤雙卦四,又作十四卦用"。)爲除十舉零例。

《駉 jiōng》	午南,應離。	視思明①
《有駜 bì》	酉西,應頤。	言思忠
《泮 pàn 水》	子北,應坎。	聽思聰
《閟 bì 宮》	卯東,應大過。	貌思恭

《論語》:"顏淵曰:'請問其目。'子曰:'非禮勿視,非

---

① 本句及後三句出《論語·季氏》:"孔子曰:君子有九思:視思明,聽思聰,色思温,貌思恭,言思忠,事思敬,疑思問,忿思難,見得思義。"

禮勿聽,非禮勿言,非禮勿動。'顔淵曰:'回雖不敏,請事斯語矣。'"

商頌五篇《商頌》法地,地以五爲制,五五二十五,應前藏腧五十穴,(五臟之心、肝、脾、肺、腎各有井、滎、腧、經、合五穴,五五二十五穴,左右共有五十穴。藏,同"臟"。)又應《易》泰否十卦。(據廖平《易經經釋》"上經三十卦分三十朋表",泰否十卦指泰、否、同人、大有、謙、豫、隨、蠱、臨、觀。)

《那》　　甲己化土,應泰、否。　　　　土生金
《烈祖》　乙庚化金,應同人、大有。　　金生水
《玄鳥》　丙辛化水,應謙、豫。　　　　水生木
《長發》　丁壬化木,應隨、蠱。　　　　木生火
《殷武》　戊癸化火,應臨、觀。　　　　火生土

《天元紀大論》:"甲己之歲,土運統之;乙庚之歲,金運統之;丙辛之歲,水運統之;丁壬之歲,木運統之;戊癸之歲,火運統之。"

《五運行大論》:"鬼臾區曰:'土主甲己,金主乙庚,水主丙辛,木主丁壬,火主戊癸。'"

《六微旨大論》:"帝曰:'何謂當位?'(高世栻《素問直解》:"當位者,天干化運,地支主歲,五行相合,各當其位也。")岐伯曰:'木運臨卯,(張介賓注:"此下言歲會也。以木運而臨卯位,丁卯歲也。")火運臨午,(張介賓注:"以火運臨午位,戊午歲也。")土運臨四季,(張介賓注:"土運臨四季,甲辰、甲戌、己丑、己未歲也。"按,四季指辰、戌、丑、未四方位,這四個方位均對應四季之末月。)金運臨酉,(張介賓注:"金運臨酉,乙酉歲也。")水運臨子。(張介賓注:"水運臨子,丙子歲也。")所謂歲會(即歲直,見前注),氣之平也。'(張介賓注:"此歲運與年支同氣,故曰歲會,其氣平也。共八年。")帝曰:'非位何如?'岐伯曰:'歲不與會也。'"(張介賓注:"歲運不與地支會,則氣有不平者矣。")

《楚辭》新解

廖平 撰

[題解]《楚辭新解》撰成於光緒丙午(1906)年四月。廖平認爲,《楚辭》"經營四荒,周游六漠",專言六合以外,以上征下浮爲大例,實爲"孔子天學《詩》之傳記,與道家別爲一派"。《離騷》"爲屈子所傳,非其自作"。"大約《離騷》爲經正文,以下各篇皆爲傳記",經傳相合,互相發明。據是書自序,廖平擬爲"除屈子自作外,別爲新解,以明天學",但後來僅成《九歌》疏解一卷。《楚辭新解》有民國二十三年(1934)廖氏家刻本,兹據以校注。

叙

《離騷》者,子屈子之所傳也。昔者尼山(山東曲阜有尼丘山,相傳孔子父叔梁紇、母顏氏禱於此而生孔子。故孔子名丘,字仲尼。後以尼山代指孔子)垂(流傳)文,以詔後世,六合之內,切於人事。傳曰:"書者,如也。"(《尚書緯·璿璣鈐》)又曰:"《春秋》深切著明。"(《春秋緯》:"子曰:'我欲載之空言,不如見之於行事之深切著明也。'")言皆切實,意不溢辭。後世史臣志紀記傳,蓋仿斯體,所謂無韻謂之筆,六合以外,存而不論。(語本《莊子·齊物論》:"六合之外,聖人存而不論;六合之內,聖人論而不議。")《詩》託物起興,上天下地,意在言表,後世辭賦祖之,所謂有韻謂之文者也。(南朝劉勰《文心雕龍》:"今之常言,有文有筆;以爲無韻者筆也,有韻者文也。")聲歌所謂存,與論辨人學,事出兩歧。蓋聖門立科,首分志行:《中庸》:"事前定則不困,行前定則不疚。"政事、德行,今之實行家;言語、文學,"言前定則不跲(jiá,跌倒),道前定則不窮。"爲今之哲學。文以載道,故文學爲道家之祖,子游(即言偃,字子游,春秋吳國人。孔子弟子,仕魯爲武城宰。孔門十哲之一,四科中列於文學)傳大同,莊子爲子夏之門人。(按,子夏於孔門四科,亦列於文學。)道家詳矣。至聖則存而不論者,凡神聖天道,一切闊誕悠渺、玄溟寂寞,未至其時,易滋流蕩。此方内方外之分,聖作賢述之所以别。(廖平《古學考》:"聖作爲經,賢述爲傳。")《易》曰:"其初難知,其上易知。"(語出《易·繫辭下》。東晉韓康伯注:"夫事始於微而后至於著。初者,數之始,擬議其端,故難知也;上者,卦之終,事皆成著,故易知也。")亦如識記,當時則顯。故經存其大綱,諸家傳其節目(條目)。靈應將啟,兩美牉 pàn 合(合兩半使成一體。牉,半),此道非經無所宗主,道不明而經亦因之不顯。此辭章喜談道,《詩》二千年來無一定解,足以饜 yàn 服(使……充分信服。饜,滿足)人心者與? 子屈子傳《詩》,與《列》、《莊》别爲一派。鳶飛魚逃,察乎天地,非顓頊以後絶地天通之聖人所知能。《中庸》發明《詩》之總綱,《楚辭》亦因是而昭顯焉。其曰上征下浮,即經之魚鳥,四荒、四極,經例尤詳。若夫周游六漠,非即所謂六合與? 以俟聖言,皇、帝、王、伯,同屬後生据衰而作,託之遠古。自古在昔,先民有作,傷今思古,長言詠歎,而《大傳》(指《詩大傳》。廖平《今文詩古義疏證凡例》謂"《詩經》本有《大傳》,與諸經相同")出焉。其發揮經旨,不啻《繫辭》之於《易》,《伏傳》之於《書》。苟能通其旨,《詩》之道思過半矣。三家以序説《詩》,班氏譏非本義;九天、九淵、神遊、雲飛,歸宿于泰初(指太古時代)爲鄰,乃採《春秋》,録雜事以説之,可謂誣矣。自太史公誤以所傳爲自作,指爲離憂,沈(同"沉")淵而死(説見《史記·屈原列傳》),後來承誤,《楚辭》遂爲志士失意發憤之代表。孟堅譏其露才揚己,忿恚(fèn huì,怨恨憤怒)自沈,(見班固《離騷序》,載王逸《離騷章句》。)解者甚至以南夷爲醜詆君父(君主)。按《楚詞》經營四荒,周游六漠,揖讓五帝,造問太微,乘雲御風,駕龍馭螭(chī,傳説中無角之龍),且媮(通

"愉")娛以自樂,超無爲以至清,乃至高之□,亦至樂之境界,以爲窮愁,失其旨矣。使果爲國爲身憂憤撰述,亦如《漁父》、《卜居》指陳切實,何爲舍切近之墳典(三墳五典的並稱,泛指古代典籍),遠據《山經》爲藍本,徵求神靈詭怪於天地之外哉？長卿(即司馬相如,字長卿)作《大人賦》(載《史記·司馬相如列傳》),即《易》之大人,《中庸》所謂至誠、至聖、至道,《列》、《莊》所謂真人、神人。其文全出《遠遊》,武帝讀之,飄飄有凌雲之志；又如黃帝之夢華胥,秦穆之聞天樂,(參《文選·張衡〈西京賦〉》:"昔者大帝説秦繆公而覲之,饗以鈞天廣樂。"繆,通"穆"。)此人閒至樂,借證大人,其爲遊僊,而非失志,稍知文義者固能辨之矣。使果爲愁憤失志,長卿作賦,何以襲之？屈子沈淵,本爲私事,可據以解《漁父》、《卜居》,乃附會舊傳,並以彭咸亦枉死；彭咸爲十巫之二,(指巫彭、巫咸。見《山海經·大荒西經》:"有靈山,巫咸、巫即、巫盼、巫彭、巫姑、巫真、巫禮、巫抵、巫謝、巫羅十巫。")《九章》(《楚辭》篇名。包括《惜誦》、《涉江》、《哀郢》、《抽思》、《懷沙》、《思美人》、《惜往日》、《橘頌》、《悲回風》九篇)七見彭咸。《抽思》曰"望三五以爲像兮,指彭咸以爲儀",何得指爲自沈？他如"遺則",(《離騷》:"雖不周於今之人兮,願依彭咸之遺則。"王逸注:"彭咸,殷賢大夫,諫其君不聽,自投水而死。遺,餘也。則,法也。")於三皇五帝後言彭咸,皆與自沈淵不類。前人疑之者,乃因《惜往日》"不畢辭而赴淵兮,惜壅君(壅蔽之君)之不識",及《悲回風》子胥(指伍子胥,春秋時吳國大夫。《越絶書》載,子胥死之後,"王使人捐於大江口。勇士執之,乃有遺響,發憤馳騰,氣若奔馬。威淩萬物,歸神大海。")、申徒(指申徒狄,殷末賢臣,因諫紂王而不聽,負石自投於河)與介子(指介之推,春秋晉國人。曾從晉文公出亡。返國後,與母隱於綿山。文公屢次尋求不得,焚山以求之,介之推竟不出而焚死)、伯夷(殷末孤竹君之子。武王滅殷後,伯夷恥食周粟,采薇而食,餓死於首陽山)死於山上者相比。而然。考天學,離世獨立,略於人而詳於上下。《詩》曰:鶴聞于天,魚潛于淵。(《小雅·鶴鳴》原文作:"鶴鳴于九皋,聲聞于野。魚潛在淵,或在于渚。……鶴鳴于九皋,聲聞于天。魚在于渚,或潛在淵。")《悲回風》"回"讀淵,"風"爲上鳥所憑,"淵"爲下魚所居,亦猶"匪鶉匪鳶,翰(高)飛戾天;匪鱣(zhān,大鯉魚)匪鮪(wěi,鱘魚,一種大魚),潛逃于淵"(《小雅·四月》)。莊子以爲夢鳥、夢魚皆繇(通"由")上下起例,是也。本篇又曰:"鳥獸鳴以號羣(呼喚同類)兮,草苴(chá。王逸注:"生曰草,枯曰苴。")比(混合)而不芳;魚葺(整治)鱗以自別兮,蛇龍①隱其文章(文采,指蛟龍的鱗甲)。"屈子沈淵,即有其事,若傅文原爲夢魚逃淵,非求死自沈明矣。本爲《詩》傳,故《詩》獨詳。《悲回風》竊賦《詩》之所明,《惜往日》受命詔以明《詩》,是曾受命學《詩》。《東君》"展詩兮會舞",(宋洪興祖《楚辭補注》:"展詩,猶陳詩也。會舞,猶合舞也。")又引詩人"不素餐"(《魏風·伐檀》)之説,其餘名物典訓與《詩》相發明者以百十數,與緯同爲《大傳》。舊所撰《詩説》專就地球立説,言無方體,或以附會爲嫌。近乃由《楚詞》得明天人之分:《書》結人學之總局,《詩》開天學之初基。惟文義繁賾(zé。複雜深奥),蒙蝕已久,恐遭按劍(呵斥,拒絶),故藏之匣匱(同"櫃")。《楚辭》寥廓無天,崢嶸(深遠貌)無地,(《楚辭·遠遊》原文作:"下崢嶸而無地兮,上寥廓而無天。")以視世界,不啻毛粟(比喻極細微的事物);神靈詭異,如《天問》者,俗亦安之,不足爲怪。今除屈子自作外,別爲新解,以明天學,閱者不斥爲不經,然後《詩》乃可觀。若尚齟齬(jǔ yǔ,不相協調),則本屬集部,語怪固亦無妨。假此以卜《詩》

---

① 據《楚辭·離騒》原文,"蛇龍"當作"蛟龍"。

解之從違(依從或違背)，如能借《騷》以通《詩》，則至困之中有至樂,是或一道與！

　　光緒丙午(1906)四月望日(農曆十五日)，則柯軒主人(廖平別號)序於中巖雪堂,時年五十四也。

凡　例

　　《楚辭》爲孔子天學《詩》之傳記,與道家別爲一派。大約道詳於《易》,《楚辭》詳於《詩》。《離騷》亦如《繁露》(指董仲舒《春秋繁露》)、《繫辭》,爲屈子所傳,惟有屈原明文者乃爲其自撰。如《九歌》之同於《左氏》,(《九歌》爲《楚辭》篇名之一。又,《九歌》本指九德之歌,相傳爲禹樂。《左傳》文公七年載:"《夏書》曰:'戒之用休,董之用威,勸之以《九歌》,勿使壞。'九功之德皆可歌也,謂之《九歌》。")九秋之比於九夏,(據廖平、黃鎔《皇帝疆域圖表·周禮九服九分天下圖》:《周禮》九夏,《詩》三歲九秋,《楚辭·九辯》九秋,皆指九州。)《招魂》之"一人①在下"當指孔子,爲《詩》而作,《漁父》、《卜居》乃爲屈子自作,亦如《管子》、《繁露》之有管子、董子,乃爲本書。今所傳古子多非自作,乃相傳古書,多爲七十子(指孔門弟子)之遺。如《吕覽》(《吕氏春秋》的别稱)之《月令》、《董子》之《爵國》、《賈子》(指賈誼《新書》)之《容經》、《保傅》、《管子》之《弟子職》、《幼官》、《五行》、《荀子·禮三本》、《禮論》、《樂説》②尤多。

　　《離騷》舊本下有"經"。大約《離騷》爲經正文,以下

---

① 一人,《楚辭·招魂》原文作"有人"。
② 按,《禮三本》載《大戴禮記》,又見《荀子·禮論》。《荀子》有《樂論》,即爲《樂説》。

各篇皆爲傳記。比於《尚書》,《離騷》爲《帝典》,以下各篇亦如《帝典》之傳記。考《離騷》言《九辯》、《九章》、《九歌》,後三題皆別爲一篇,"啓《九辯》與《九歌》兮"。此當引三篇以注於經文之下。經"四荒"以後言遠游,當引《遠游》篇附注於下。既已出游,故言返,故思歸故鄉。蓋其神游其下,即《招魂》因上帝使人招之,故思返故鄉,故鄉即謂上天也。《卜居》爲屈子自撰,學經之靈氛,(《離騷》:"索藑茅以筳篿兮,命靈氛爲余占之。"王逸注:"靈氛,古明占吉凶者。")以《卜居》借作靈氛之傳,《漁父》借作巫咸之傳。《天問》一篇,又經中天體人事之傳。以經爲主,舉各篇附注經下,而後經傳相合,彼此互相發明。其分篇各行,則如《大傳》,在經外單行。

　　《楚辭》全据《山海經》立說,周遊全爲神遊,夢想爲《周禮》掌夢(《周禮》春官有屬官占夢,職責是"掌其歲時觀天地之會,辨陰陽之氣"),皆不在本世界之內。《山海經》五《山經》下,《海內》四經、《海外》四經、《大荒》四經,本經言四荒,即大荒,言四極,即四宮。《呂覽》以四海爲本世界,四荒當即四宮列宿,然則海內爲本世界,海外爲四行星,四荒爲四宮,四海外爲四極,五山則三垣矣。考《山海經》海內、海外、大荒、五山,共分四等,大約八行星爲海內,十日繞昴星(參廖平《四益館雜著·天人論》:"西人有日繞昴星之說","日統行星以繞昴星")爲海外,西方七宿爲大荒,三垣九宮爲五山,故錢氏(指南宋錢杲之,著有《離騷集傳》)補傳,全据《山經》立說。《爾雅》四荒、四極,皆不在本地球。《呂氏春秋·有始覽》:"凡四極之內,東西五億有九萬七千里,南北亦五億有九萬七千里。"《淮南·地形訓》:"禹乃使大章(大章及下文之豎亥,爲推步天象之人。大,同"太")布自東極,至于西極,二億三萬三千五百里七十五步;使豎亥步自北極,至于南極,二億三萬三千五百里七十五步。"

《周禮》所言皇帝之制，以三、五、六、八、九、十二爲起例，《九章》、《九歌》、《九辯》以九州起例。《九歌》西皇爲素統，九州、九辯、九秋亦同，《九章》則爲人皇。《詩》曰："狐裘黃黃"，"出言有章"（二句均出《小雅·都人士》）。三九二十七，爲三皇三統，外如九天、九死、九折臂、九迴，諸"九"字皆以九服、九畿爲起例。以下三、五、六、八、十二，皆做此例推之。

人學專言六合以内，天學則在本世界以外。在上爲天神，在下爲地祇，居四方者爲人鬼。所謂周游六漠，尤以上征下浮爲大例。《詩》以魚鳥飛沈、山水陟（zhì，登，升）降爲上下之標目，《楚辭》於此例甚詳。今做《詩》之例考之。

《詩經》以地比車輪，所謂皇輿、轂輻。《易》曰："黃帝垂衣裳而治天下。"《書》曰："弼（輔弼）成五服。"故又以衣服比版土。冠、衣、帶、裳、履，《詩》以爲五服。《楚辭》所言服飾，亦如《詩》之衣裳，爲五服之起例。故於《楚詞》衣服，做《詩》例作疆域推之。

《詩》多詳鳥獸草木，蓋借木之根本、條幹、枝葉以喻疆域。《楚辭》以花草爲衣裳，則衣裳非衣裳，花草非花草，皆借以比疆域。《周南》言灌木、樛木、喬木，與條幹、枝葉，緯書言皇帝得其根本，王得其幹，伯得其枝葉，皆借草木以立説。

《詩》以鳥名官，主西皇之意。《楚辭》於四靈（《禮記·禮運》："何謂四靈？麟、鳳、龜、龍謂之四靈。"）詳於鳥，即以鳥名官之義。今故就西皇之例推知。

天人之學，自顓頊而分。《楚辭》首言高陽，（《楚辭·離騷》："帝高陽之苗裔兮，朕皇考曰伯庸。"王逸注："高陽，顓頊有天下之號也。")明其本爲帝之人學,由高陽上推,所以爲天學。《周禮》藩(藩服,九服之最遠者)以外世一見,(《周禮·秋官·大行人》:"九州之外,謂之蕃國,世壹見。")指本地球而言。經由上招,天有九重、三十二重等說,各有時代風俗之不同。《楚辭》屢言世俗與時俗,皆所經之境。如陳文子(齊大夫,名須無)棄而違(去,離開)之,至於他邦,曰:"猶吾大夫崔子(齊大夫,名杼)也。"(事見《論語·公冶長》)故每段皆有世俗褊biǎn狹(狹隘)之說。

《尚書》"皇省維歲",故大同之說詳於曆法。年歲爲皇,陰陽爲二伯,四時爲四岳,一日爲千里,東方諸侯爲朝,西方諸侯爲夕,所居即爲日中,背服即爲夜。"懸象著明,莫大乎日月"(《易·繫辭上》),日月爲陰陽。《論語》:天不言,四時行,萬物生。(《論語·陽貨》原文爲:"子曰:'天何言哉?四時行焉,百物生焉,天何言哉?'")天□用就天文起例。

《詩經》爲天學,非本世界之事,所言古之帝皇卿相,時人名號,《詩》曰《大雅》、《小雅》,則其爲繙(同"翻")譯,非世界人名。《楚辭》所引古人名,自當與《詩》同例。又《山經》所言□①神名號,如堯、舜、帝□②、鯀、益、文王之類,其事迹亦相同,乃以人名繙譯天神。《左》、《國》詳鬼神、宗族、姓氏,人神混雜,其書既爲天學,自不與本世界相嫌。又由五帝下及堯舜三代,并及齊桓、甯戚,蓋以皇、帝、王、伯爲次序。《尚書》以堯舜爲二后(君主),夏殷文武爲四岳,《楚辭》則借人名以譯天神地祇。

《大雅》前二十八篇配車輳(còu,車輪上的輻條)列宿。以下闕。

---

① 據文意,□疑作"天"。
② 據文意,□疑作"嚳"。

《小雅》前三十篇配車輻三十。以下闕。

變雅屢言讒言嫉妬(同"妒")，所謂小言(不合大道的言論)邇(近)謀，不必爲奸邪。經以上帝西皇爲主，故周游各天，皆不滿其意，臨去必指其病，亦猶"吾大夫崔子"之意。

經中言反顧、回車、歸者共若干見，因上有《招魂》，故故鄉反在上，非謂楚國，并非謂世界。聖人天生屬星辰，生有自來，沒有所歸，故反以上天爲故鄉。

主西皇，即佛之西天，爲素統。"西方美人"，以鳥名官之義，故《詩》詳於鳥官。《楚辭》以西皇爲歸宿，凡此皆以孔子爲主。以孔爲主，出於《詩》傳，爲屈子所傳，初非發其自作，爲一家一人之私書，故彭咸即大彭、巫咸，爲殷之二伯。《論語》"竊比于我老彭"，即大彭，爲二老。巫咸即豕韋，在天爲十巫之彭咸，在人則爲殷之二老。① 大彭、巫咸二伯，非一人，又無自沈之事。

《楚辭》天學，已離脫世界，專言諸天矣。考諸天典故，釋藏與道藏最詳。故西皇如兜率天(梵語音譯，又稱兜術天。佛教稱欲界六天之第四。兜術爲妙足、知足之意)，上下四荒則如欲界色界天，厭棄凡近(平庸淺薄)即白詩願生兜率天(白居易七絕《答客說》："海山不是吾歸處，歸即應歸兜率天。")之意。故《楚詞》之飲食、衣服，多取《法苑珠林》②等書爲之詳註。以天

---

① 參《國語·鄭語》："佐制物於前代者，昆吾爲夏伯矣，大彭、豕韋爲商伯矣。"三國吳韋昭注："大彭，陸終第三子，曰籛，爲彭姓，封於大彭，謂之彭祖，彭城是也。豕韋，彭姓之別，封於豕韋者也。殷衰，二國相繼爲商伯。"
② 《法苑珠林》，佛教類書，唐釋道世(597—683)編。其書以佛教故事分類編排，共六百四十餘目。篇前大都有"述意"，再博引經、律、論原典，篇末或部末有"感應緣"，廣引實事以證經。除佛經外，約引用一百四十餘種資料，保留有許多早已亡佚的古代文獻。

言天,不用人閒之説,爲游于六合以外、游于無何有之鄉(語出《莊子·應帝王》:"予方將與造物者爲人,厭,則又乘夫莽眇之鳥,以出六極之外,而游无何有之鄉,以處壙埌之野。")之師説也。

《遠游》一篇,司馬本之爲《大人賦》,武帝讀之,有凌雲之志,可知其本意。故其中多道家言,爲游仙之所本。故詳引《列》、《莊》,爲之解釋。諸家所言天人平等快樂詳矣,而經猶以褊狹爲譏者,志在西皇,宗□上天,故於諸天皆有不足之辭,所以爲至聖。

《詩》爲孔子思志,"一人在下",即指孔子而言。周游六漠,即《詩》之上下四旁。《楚辭》既爲《詩》作傳,則"一人"自屬孔子。曾皙(孔子弟子,曾參之父)云"詠而歸"(《論語·先進》),褰裳(撩起下裳)而去。聖人不死,如傅說騎箕上天之説。(説見《莊子·大宗師》:"傅說得之,以相武丁,奄有天下,乘東維,騎箕尾,而比於列星。"按,傅說一星,在箕、尾二星之間,舊傳爲殷王武丁賢相傅說死後升天所化。)

《詩》爲魂游夢魂。《卷耳》之"云何吁矣",《東門》"聊樂我云①","云"皆爲古"魂"字。二《南》"周"爲"周游","召"即"招魂"之"招"。《瓠②葉》"招招舟子",一游一招,故以歸來爲大例。

《離騷》篇名不可解,蓋如古緯,爲屈子所傳,非其自作。《離騷》爲經作,亦如諸緯爲弟子所傳。太史公所傳屈子事(見《史記·屈原賈生列傳》),一身一家之私事,與經傳不相干。亦如董子之書,有傳本,有自作。蓋其本傳事實與

---

① 云,《毛詩》原文作"員"。《經典釋文》:"員音云,本亦作'云'。《韓詩》作'魂',神也。"

② 據《詩經》原文,"瓠"當作"匏"。《匏葉》,即《匏有苦葉》。

自作書賦爲一類，與相傳之傳記不相干。屈子縱有悲憤沈淵事，與師傳授受之傳記則不相干涉，不能因其私事，附會古之傳記。"歷九州而相其君兮，何必懷此都也"（《文選·賈誼〈弔屈原文〉》），此爲屈子一人言，與《楚詞》之旨不相合矣。

編《楚辭》釋例多與《詩》例相同

  蕭艾　衣服　草木　走獸　鳥官　男女　昏媾
  寇仇　讒姤　忌諱

四方例：

  東　木蘭　蕙（huì，一種香草）
  南　江蘺（lí。又作"江離"，一種香草）蘭　桂
  中　芷　荃
  西　瓊　秋蘭　辛夷（王逸注："辛夷，香草，以作戶楣。"）椒（指花椒）
  北　幽蘭

反易變易：

  上下顛倒　木上罾（zēng，用網捕撈）魚　水中有鳥
  香反爲臭　臭反爲香

《國風》十五國：

  十二月十二支
  二南中邶在邊舜南

離 騷

九歌《左氏》六府三事皆可歌也,謂《九歌》。① 《離騷》"啟《九辯》與《九歌》",此爲孔門相傳之辭,非屈子作。

吉日兮日謂十干。**辰良**,辰謂寅卯,外州。**穆**(敬)**將迎。愉**(樂)**兮上皇。**即《招魂》上帝、經之西皇。《莊子·天運篇》:"天有六極五常(北宋陳景元認爲即五運六氣),帝王順之則治,逆之則凶。九洛之事(即《洛書》九疇之事),治成德備,天下戴之。此謂上皇。"**撫長劍兮**司馬,少司命。(司命,神名。有大、少司命之分,其中大司命主人之壽夭,少司命主人之生育。)**玉珥**(玉製的劍珥,係劍柄末端的突起部分),**璆**(qiú,同"球",美玉名)**鏘**(玉佩碰撞聲)**鳴兮**司空,大司命。**琳琅**(本爲玉名,形容佩聲清越)。《禹貢》璆、琳、琅玕 gān。(《書·禹貢》:"厥貢惟球、琳、琅玕。"僞孔傳:"球、琳皆玉名。琅玕,石而似珠。")**瑤席兮玉瑱**(通"鎮",鎮物用器),西司聽,故言瑱。**盍將把兮瓊芳。**(王逸注:"盍,何不也。把,持也。瓊,玉枝也。言已脩飾清潔,以瑤玉爲席,美玉爲瑱。靈巫何持不乎?乃

---

① 語本《左傳》文公七年:"《夏書》曰:'戒之用休,董之用威,勸之以《九歌》,勿使壞。'九功之德皆可歌也,謂之九歌。六府三事,謂之九功。水、火、金、木、土、穀,謂之六府。正德、利用、厚生,謂之三事。"

把玉枝以爲香。")《詩》瓊、瑤、玉、金,爲西方之起文。金玉琳琅、玉瑱瓊芳,皆西方質素之物,故知東當爲西。蕙肴蒸(以蕙草裹肴而進之。蒸,進獻)兮蘭藉(以蘭草爲墊席),奠(將祭品置於神前祭祀)桂酒兮椒漿。二句由西到東。蕙如麛ní裘,幽蘭北,桂酒南。椒辛,西本味,此以食起四方,如《論語》四飯①,爲四岳。揚枹(fú,鼓槌)兮拊(fú,擊)鼓,東方革音。疏(疏陳)緩節兮安歌,《九歌》之中。陳竽北。瑟南。兮浩倡(合唱,合歌。倡,通"唱")。三句音技。靈神。○十巫。偃蹇(宛轉委曲貌)兮姣《詩·十月之交》,《書》曰"南交"。(《書·堯典》:"申命羲叔,宅南交。")服,姣服讀作"交服"。《周官》地中交會合和,(《周禮·地官》:"日至之景,尺有五寸,謂之地中,天地之所合也,四時之所交也,風雨之所會也,陰陽之所和也。")服(使……臣服)八干十二支(廖平謂"八干爲八州,十二支爲外十二牧"),《詩》"無思不服"。芳四方,指諸侯。菲菲兮滿堂。交服,故滿堂。五音旋相爲宮。紛兮五方八風,六合以内,繁會,交會。"繁"即"藩"之代字。《周官》九州外之藩服,《詩》"采蘩"(《召南·采蘩》)、"正月繁霜"(《小雅·正月》),皆以起外荒。君主人。欣欣兮樂康。大同、小康。

東皇 "東皇"當作"西皇"。西皇見經,爲素統例,與《詩》以鳥名官同。以西爲主,爲六藝通例。太一 地中。○天皇屬東,即泰皇,"緇衣羔裘"(爲青統例)。太一,天之貴神,可謂玉皇,中央之帝。

浴蘭 南。湯兮沐芳,華采衣兮若英。(王逸注:"衣五采華衣,飾以杜若之英。"按,杜若,香草名。葉廣披針形,味辛香。夏日開白花。)靈(迎神之巫)連蜷(猶彷徨,迎神導引貌)兮既留,《詩》:"丘中有麻,彼

---

① 見《論語·微子》:"大師摯適齊,亞飯干適楚,三飯繚適蔡,四飯缺適秦。"亞飯、三飯、四飯,皆爲天子進食時奏樂的樂官名。據班固《白虎通·禮樂》,王者平旦食,晝食,脯食,暮食,凡四飯,明有四方之物,食四時之功。

留子嗟。"(《王風·丘中有麻》)下"蹇誰留兮中州"。**爛昭昭**(王逸注："光容爛然昭明。")**兮未央**。《詩》"夜未央"(《小雅·庭燎》)。央即夬 guài 卦之夬,于文爲壯,故卦之大畜之外有小畜,大壯之外無小壯者,以夬即小壯也。未壯則尚未滿足,盈則消,中則昃(zè,傾斜)。句語本《易·豐·彖》："日中則昃,月盈則食。"),故央與夬形似,與壯音近,中央亦即中壯。**蹇**(句首語助詞)**將憺**(dàn,安樂)**兮壽宮**(供神之處),**與日月**二后。**兮齊光**。**龍駕兮**四靈物(指麟、鳳、龜、龍四種靈獸)。**帝**至尊爲皇,則帝爲四岳矣。**服**,(參王逸注："言天尊雲神,使之乘龍,兼衣青黃五采之色,與五帝同服也。")龍本東方神物,在東方之左,今以素爲主,則東反居西,崑崙之中乃反在左,故駕。**聊翺游兮周章**。周與九同音。九爲數之窮,周章即九章,大九州以帝分統之。**靈皇**東皇。**皇**中皇。**兮既降**,三統有當運之皇,即有二皇後①爲賓。如帝爲四岳,則二後②二公皆得稱皇矣。**猋**(biāo,疾進貌)**遠舉**遐方(遠方)。**兮雲中**。雲師雲名。(參《左傳》昭公十七年："昔者黃帝氏以雲紀,故爲雲師而雲名。")**覽冀州**《地形訓》:大九州中,一州爲冀。**兮有餘,橫四海兮**橫被(廣泛覆蓋)**四表。焉窮**(哪裡有窮極)?**思夫君兮**"既見君子"(見《周南·汝墳》、《鄭風·風雨》、《小雅·出車》等)。**太息**,《詩·民勞》小康、小息,((《民勞》："民亦勞止,汔可小康。……民亦勞止,汔可小息。")反對爲大康、大息,與大同同義,謂天下太平,爲極樂世界。舊誤以爲愁歎。**極**以□□有五極(指五帝五方各司一萬二千里之制)。**勞心兮皇**、帝同思。**懤懤**。一作"忡忡",即雲中君。《書》作"沖",謂"沖人"、"沖子"(二者皆爲年幼帝王之謙稱)。六合爲沖和(淡泊平和)。

雲中君甲。○崑崙在中,故黃帝以雲名官。今東皇爲主,故中變爲西。

---

① 據文意,"後"當作"后"。
② 據文意,"後"當作"后"。

君不行神行。兮夷夷服（九服之一。王畿之外，每五百里爲一區劃，共有九，第七爲夷服）。猶（參王逸注：「夷猶，猶豫也。」），蹇（句首語助詞）誰留兮形留。中洲。南（指「周南」、「召南」之「南」），中央。美要要服（五服之一，距王畿一千五百里至二千里之地）。眇（王逸注：「要眇，好貌。」眇，通「妙」）兮宜修（修飾），沛（行貌）吾乘兮桂舟。輈（車轅）。令沅湘兮無波，邊鄙。使江水兮安流。流沙。望夫君兮未來，《詩》與《騷》以望未來爲大例。《詩》「求之不得」（《周南·關雎》）。吹參差兮《詩》「參差荇 xíng 菜」（《周南·關雎》）。誰思。「思」字乃《騷》之標目，經只一見「思」字。駕飛龍兮鯤（傳説中大魚）。北征，北溟。遭（zhān，轉）吾道兮日月之行。洞庭。當作「同庭」，《詩》以討不庭。（《大雅·韓奕》：「榦不庭方，以佐戎辟」。「朱熹集傳：「榦，正也。不庭方，不來庭之國也。」）「同庭」與「同寅」（典出《書·皋陶謨》：「同寅協恭和衷哉。」句意謂同僚恭謹事君，和衷共濟）義同。薜 bì 白。荔（王逸認爲薜荔指香草，當爲今之木蓮）拍（搏飾四壁）兮蕙綢（指縛以蕙草。綢，束縛），蓀（sūn，王逸注「香草」）孫。橈（ráo，船槳）兮蘭男。旌。（王逸注：「乘船則以蓀爲楫棹，蘭爲旌旗」。）望涔 cén 陽（地名，在涔水北岸，今洞庭湖西北）兮極皇極。浦，父。（王逸注：「極，遠也。浦，水涯也。」）橫大江兮揚靈。（王逸注：「橫度大江，揚己精誠。」）揚州。靈兮未極，若已極，則難乎爲。經「未極」猶「未央」，言可進化。女十二女（廖平謂十二女爲十二外州牧，即十二支）。嬋媛（王逸注：「嬋媛，猶牽引也。」）兮外牧「柔遠能邇」（語出《書·舜典》，《大雅·民勞》。僞孔傳：「柔，安。邇，近。言當安遠，乃能安近。」）。爲余太息。太息即太平、太康。由戰國紛争預言百世，皇帝極盛，則當樂而不當憂，固已明矣。橫流涕兮「左右流之」（語出《周南·關雎》。廖平謂流爲服名）。潺湲（chán yuán，水流貌），海不揚波。隱思君兮陫側（王夫之《楚辭通釋》：「陫側，與'悱恻'同。欲言不得,而心不宁也。")。桂櫂(zhào,船桨)兮兰枻(yì,船舷,一说船舵),斲(zhuó,凿)冰兮积雪。冰洋。采薜荔兮非水草。水中,犹"鸟何萃(聚集)兮蘋(水草名。今称四叶菜、田字草,多年生浅水草本)中"(《九歌·湘夫人》)。搴(qiān,拔去)芙蓉兮非陆花。木末。犹"罾(zēng,四边有支架的方形鱼网)何为兮木上"(《九歌·湘夫人》),是谓拂(fú,违背)人之性,灾必逮夫身。心乾坤各二心。不同兮"无二(不遵从)尔心"(《大雅·大明》)。媒劳(媒人疲劳),"道不同,不相为谋"(《论语·卫灵公》)。恩不甚(深)兮轻绝(轻易弃绝)。绝犹口绝之义。口不绝者均而多,若一线之轻孤,则必绝无疑。"轻绝"与"民劳"同义。石濑(lài。石滩上淌过的水流。王逸注:"濑,湍也。")兮浅浅(流疾貌),飞龙兮《易》之"飞龙",由鲲而化。翩翩。交地中交会。不忠兮忠恕。怨长,民之好恶。期"秋以为期"(《卫风·氓》)。不信兮告余以不闲。渝盟(背叛盟约)。鼂(通"朝",早晨)骋骛(驰骋,奔走)兮江皋(江岸),山高。夕朝夕有二例,京师为日中,左边为朝,右边为夕,背居夜中,日中主極。由日中以东至朝,以西至夕,此土圭测景(同"影")之法。纪(通"记")行从朝起至暮,止一日之事,纪远近而已。弭节(王逸注"弭情安意")兮北渚。水低。鸟次兮鹢鸟之精,鹢火之次。室①上,离离(井然有序貌。离又为卦名,代表火)共室。水坎(卦名,代表水)。周围。兮堂下。七舍室堂。(《淮南子·天文训》:"阴阳刑德有七舍。何谓七舍?室、堂、庭、门、巷、术、野。")捐余玦(jué,环形而有缺口的玉佩)兮江中,遗余佩(玉佩)兮澧ⅱ浦(澧水之滨。按,澧水在今湖南省,流入洞庭湖)。采芳洲兮四方,九州。杜若,将以遗(wèi,赠与)兮下女。夫人。时不可兮再得,《湘夫人》作"骤得"。日不再中。聊逍遥兮即'骚'字合意。容与(从容悠闲貌)。

---

① 室,《楚辞·湘君》原文作"屋"。

湘君丙。〇《論語》:舜無爲而治,其君也哉!(《論語・衛靈公》原文作:"子曰:'無爲而治者,其舜也與?'")帝爲君正稱。雲中君、東君、湘君,以君稱者三焉。

帝子高陽八才子。**降兮北渚**,南降北,爲葛屨履霜(語出《魏風・葛屨》:"糾糾葛屨,可以履霜。"),癸與丁合。**目眇眇兮**《詩》:"眇眇(微賤)余小子。"①**愁余。嫋**niǎo**嫋**(柔弱不絕貌)**兮秋風**,素統以秋爲主。**洞庭**義如"同寅"。**波兮**皮革皆外服。**木葉下**。"下"當爲"上",蓋此句應"罾木上",下句應"鳥萃蘋中"。洞庭波在木葉上,罾緣木以求魚。若木葉下,則與下不類,無所取義。**登白蘋兮**西采蘋。〇履虛不墜,入水不濡(沾濕)。蘋附水而生,不可登,登之則可入水。**騁望**(極目遠眺),人不能,化鳥則可,故下曰"鳥何萃兮蘋中"。**與佳**當脱"人"字。**期兮**《詩》:"昏(同"昏",黃昏)以爲期。"(《陳風・東門之楊》)**夕張**(朱熹集注"言向西洒掃而張施帷帳")。**鳥飛。何萃兮蘋中,罾何爲兮木上?**《詩》曰"魚網之設,鴻(雁之大者)則離(通"麗",附著)之"(《邶風・新臺》),又曰眾爲魚矣。(《小雅・無羊》:"牧人乃夢:眾維魚矣,旐維旟矣。大人占之:眾維魚矣,實維豐年。")家室爲三才例,中爲人,上爲魚,下爲鳥,一定次序也。從人至上則人變爲鳥,從人至下人又變爲魚,所謂"匪鶉匪鳶,翰飛戾天,匪鱣潛淵"。(《小雅・四月》)原文作:"匪鶉匪鳶,翰飛戾天;匪鱣匪鮪,潛逃于淵。")上以魚至,則在我之木上;下以鳥來,則在我之水中。**沅有芷止。兮澧有蘭**,讀作"南"。**思**詩志。**公子兮**公子、公孫。**未敢言。荒**四荒。**忽**北帝名。(《莊子・應帝王》:"北海之帝爲忽"。)**兮遠望**,登蘋。〇十五伯爲望。**觀流水**坎。**兮潺湲**。"洞庭"、"木上"句。**麋東麋**。(《論語・鄉黨》:"緇衣羔裘,素衣麑裘。"廖平、黃鎔謂西爲素統,東爲青統,東鹿與西羊相對。說詳《皇帝疆域圖表・召誥素統洛誥緇統以西東方爲地中心圖》。)**何食兮庭中?蛟**當爲"羔",聲之誤。**何爲兮水裔**(邊,末)**?**"水裔"當爲"木裔",皆反言之。**朝馳余**

---

① 此引文當出自《書・顧命》,非《詩經》。

馬兮江皋，東。如"鶴鳴九皋,聲聞于天"(《小雅·鶴鳴》)。夕濟(渡)兮西澨(shì,水濱)。在下。聞佳人兮召余,如《招魂》。將騰駕兮偕逝(俱往)。築室兮"王室如燬"。水中,日北極。葺之兮荷"何(通"荷",蒙受)天之休(美福)"(《商頌·長發》)。蓋。(《文選·九歌·湘夫人》唐張銑注:"葺,茨也。自傷困於世上,願築室結茨於水底,用荷葉蓋之,務以清潔。"按,《說文》:"茨,以茅葦蓋屋。")蓀同"孫"。壁兮紫音同"子"。壇,(王逸注:"以蓀草飾室壁,累紫貝爲室壇。")播芳椒兮盈堂。桂圭。棟兮蘭南。橑(lǎo,屋椽),辛夷楣(méi,門户上橫梁)兮藥房(王逸注:"藥,白芷也。房,室也。")止,房,明堂。罔(編織)薜白。荔兮爲帷(帷帳),擗(pǐ,掰開)蕙東。櫋(一作"櫋"。通"幔",帳幕)兮既張(張掛)。白玉兮爲鎮,鎮□□□。疏(布陳,散布)石蘭(即山蘭,香草名)兮爲胏①。芷音同"止"。葺(覆蓋)兮荷屋,衛。繚(纏繞)之兮杜土。衡(杜衡本指一種香草)。合六合。百伯。草召。兮實室。庭,建(累積)芳馨兮廡(朱熹集注:"廡,堂下周屋也。")門。九疑(山名。在今湖南寧遠縣以南)州。繽賓。兮並迎,靈之來兮如雲。九州所致動物。捐余袂(mèi,衣袖)兮短右袂。江中,遺(遺棄)余褋(dié,單衣)兮童子佩褋。澧浦。搴(qiān,採摘)汀洲兮杜若,將以遺wèi兮遠者。"百世以俟聖人而不惑"(《禮記·中庸》)。時不可兮世界。驟得,皇帝大同,至今未至其時。聊逍遙兮如隱逸、高士傳。容與！如《靈》《素》以道寓於身。

湘夫人丁。〇支十二六合,八伯亦爲八合。

廣開兮卯開門(《說文·卯部》:"卯,冒也。二月萬物冒地而出,象開門之形。故二月爲天門。")。天門,門左右是天門。紛吾乘兮玄"禹

---

① 據《楚辭》原文,"胏"當作"芳"。

錫(通"賜",此指被賜給)玄圭(黑色瑞玉)"(《書·禹貢》)。雲。令飄風兮《詩》"飄風發發"(《小雅·蓼莪》,又見《小雅·四月》)。先驅,上巢居。使涷dōng雨(王逸注:"暴雨爲涷雨。")兮灑塵。下穴居。君回翔兮沈淵。以下,伯會諸侯,代天子巡。踰空桑兮《山經·北山經》。(《北山經》:"又北二百里,曰空桑之山。")從女(通"汝")。紛分。總總兮九州,九阿(古地名。以山坡多曲折而得名。《穆天子傳》卷五:"天子西征,升九阿。")、九阬(即九岡,山名。今湖北松滋市有九岡山,古時爲鄳都之望,太廟所在。一說指九州之山岡。阬,同"坑")、九河(禹時黃河的九條支流。《書·禹貢》:"九河既道。"),皆比九州。何壽夭兮五福六極。(《書·洪範》:"五福:一曰壽,二曰富,三曰康寧,四曰攸好德,五曰考終命。六極:一曰凶短折,二曰疾,三曰憂,四曰貧,五曰惡,六曰弱。")在予!天命五德(金、木、水、火、土五行之德)。兵事司馬主之,司空主封建闢田。高飛兮"飛龍在天"(《易·乾》)。安翔,乘清氣兮天氣清。御陰陽。吾與(跟從)君兮齋速,禮,見辛[1]者齋速。(《禮記·玉藻》:"見所尊者齊遬。"王引之《經義述聞》:"齊亦遬也。遬,籀文'速'字,疾也。言君子平日之容舒遲不迫,見所尊者,則疾速以承之,唯恐或後也。")道(引導)帝之兮中央猶南北,中分天下,河中鉞星,以北爲北,以南爲南。(《史記·天官書》:"東井爲水事。其西曲星曰鉞。鉞北,北河。南,南河。兩河、天闕閒爲關梁。"張守節正義:"南河三星,北河三星,分夾東井南北,置而爲戒。"按,東井即井宿)□□□。九阬。靈東。衣兮依京□。披披(飄動貌),玉佩西背。兮陸離(參差絢麗貌)。六服。壹陰兮壹陽,陰陽二后,一陰一陽之謂道。眾莫知兮余所爲。泰伯至德,民無得而稱[2]。折(採折)疏麻(傳說中的神麻,常折以贈別)兮瑶西。華,枝葉。將以

---

[1] 據文意,"辛"疑爲"尊"之訛。
[2] 《論語·泰伯》:"子曰:'泰伯,其可謂至德也已矣。三以天下讓,民無得而稱焉。'"何晏集解引王肅曰:"泰伯,周太王之長子。次弟仲雍,少弟季曆。季曆賢,又生聖子文王昌,昌必有天下,故泰伯以天下三讓於王季。其讓隱,故無得而稱言之者,所以爲至德也。"

遺wèi兮離居。地中京師,皇極。(王逸注:"離居,謂隱者也。")老冉冉(同"冉冉"。《離騷》:"老冉冉其將至兮。"王逸注:"七十曰老。冉冉,行貌。"《文選》唐呂向注:"冉冉,漸漸也。")二后。兮既極,□極。不寖(jìn,漸,稍)近(親近)兮愈疏。"柔遠能邇"。乘龍以□爲正,鯤魚。兮轔轔(lín lín,車行聲),高馳兮鴻飛。沖天。在天。結桂少司命。枝南服喬木之枝。兮延竚(zhù,徘徊不進貌),羌(句首語助詞)愈思兮"無思不服"。愁人。《九辯》九秋。愁人兮奈何,願若今兮無虧。"不騫qiān不崩"。(《小雅·天保》:"如南山之壽,不騫不崩。"毛傳:"騫,虧也。")固人命兮有當,天命有德。孰離合兮地中交合。可爲?作"訛"。《詩》"式訛爾心"。(《小雅·節南山》:"式訛爾心,以畜萬邦。"鄭箋:"訛,化。")

大司命戊。○立春。○北海之帝,禹爲司空。《文侯之命》。(《文侯之命》爲《尚書》篇名。因晉文侯有迎立護駕之功,周平王乃以文侯爲方伯,進行嘉獎和册命。史録其策書,作《文侯之命》。)○《論語》"大師摯",《史記》作"疵"。(《史記·周本紀》:"居二年,聞紂昏亂暴虐滋甚,殺王子比干,囚箕子。太師疵、少師彊抱其樂器而犇周。")

穐(同"秋")蘭西南。兮麋蕪(《爾雅》"麋蕪",郭璞注:"香草,葉小如萎狀。"),魔裘。羅生(王逸注曰"羅列而生")兮《多方》、《多士》(均爲《尚書》篇名)。堂下。下方。綠東。葉兮生於枝上。素枝,素統,枝葉。芳方。菲菲兮襲予。下襲水土。夫人兮母。自有美子,八才子。蓀公孫。乙丙丁庚爲子,巳午未申酉戌爲六孫。何以兮《詩》"不我以"。(《召南·江有汜》:"江有汜,之子歸,不我以。不我以,其後也悔。""不我以"爲"不以我"的倒文。以,用也。)愁秋。苦!南方味苦。穐蘭兮青青,子衿,花色。(《鄭風·子衿》:"青青子衿,悠悠我心。"毛傳:"青衿,青領也,學子之所服。")綠葉兮紫赤。莖。干。滿堂兮言堂滿堂，言室滿室。美人，乙丙丁庚。忽獨與余兮目"離(八卦之一，代表火)爲目"(《易·說卦》)。成。大成(大的成就)。入朝南。不言不告。兮出不辭，別北不言南，口口二伯。諸侯交相見，往來朝聘，無所顧忌。乘回風兮旋風如淵。載雲旗。悲莫悲兮"哀哀父母"(《小雅·蓼莪》)。生別離，離合、別離，皆就離言。地中會合爲離，"之子于歸"(語出《周南·桃夭》、《漢廣》、《召南·鵲巢》、《邶風·燕燕》。據馬瑞辰《毛詩傳箋通釋》，"之子"指是子、此子，"歸"指女子出嫁，"于"爲語助詞)爲別離。樂莫樂兮"樂土樂土"(《魏風·碩鼠》)。新相知。北生南死，司馬主兵，爲新民。荷衣兮侯服。蕙帶，要服。儵 shū 北帝。而來兮忽南帝。(《莊子·應帝王》："南海之帝爲儵，北海之帝爲忽。")而逝。夕少司命即西南口夕口。宿西七宿。兮帝郊，南交，地中，六合。君誰須《詩》："卬(áng，我)須我友。"(《邶風·匏有苦葉》："人涉卬否，卬須我友。"毛傳："人皆涉，我友未至，我獨待之而不涉。")兮雲中央黃帝，雲中君。之際。《詩》五際，唐虞之際。與女(通"汝")大司命。游兮形游，巡狩內九州。九河，九州以河爲界。衝風(暴風)上。至兮天氣下降。水下揚波。地氣上騰。與女沐兮咸池(太陽沐浴的神池)，西南。晞(xī，晾乾)女髮兮在元首上，以啓天道。一說司馬九伐，(典出《周禮·夏官·大司馬》："以九伐之法正邦國。")與"髮"同音。陽一陰一陽。之阿。東北。望美人兮西方美人。未來，來者可追，未見君子。臨風乘風。怳(huǎng，失意貌)兮浩歌(大聲歌唱)。孔(大)蓋兮以天爲蓋，列宿象口。翠旌(用翡翠鳥羽毛製成的旌旗)。登九天兮《遠游》天有九重。撫彗星。彗所以除舊布新。《大學》"在新民"。司馬公司九伐。竦(sǒng，執)長劍兮主兵司伐。擁幼幼官後生。艾，采蕭、采艾，以比疆域(詳後《山鬼》注)。荃(一作"蓀"，義同。《文選·九歌·少司命》劉良注云："蓀，香草，謂神也。")大一統爲全，與分方不同。獨宜兮"宜爾室家"。(語出《小雅·常棣》。王先謙《詩三家義集疏》謂"猶言安其止居"。)爲民正(民衆之官長、主宰)。正鵠(箭靶的中心,後泛指正確的目標。典出《禮記‧中庸》:"子曰:'射有似乎君子,失諸正鵠,反求諸其身。'")標示,二十五民,(據廖平、黃鎔《皇帝疆域圖表‧周禮五土五民五動植即今全地球圖》,《周禮》說五土五民,《內經‧靈樞》廣其義,爲二十五民,合稱百姓、黎民、庶民。)取則口口。

少司命己。○春分。○司馬公主兵,新民。南極之帝忽奉王命討有罪。○《論語》"少師陽",《史記》一作"強",(《史記‧周本紀》:"居二年,聞紂昏亂暴虐滋甚,殺王子比干,囚箕子。太師疵、少師強抱其樂器而犇周。")在徐(古九州之一)。以少師附大師,爲東岳。

暾(tūn,日初出貌,代指太陽)甲,日。將未至其時,故曰將。出兮東方,《詩》:"日居月諸,出自東方。"(語出《邶風‧日月》。孔穎達疏:"言日乎月乎,日之始照,月之盛望,皆出東方。"居、諸皆語助詞。)照吾檻兮照臨下土。檻當讀爲"監"。《詩》:"監觀四方。"(《大雅‧皇矣》)扶桑。東西相對,如剛柔金木。撫余馬兮日景爲白駒。安驅,日夕。夜月。皎皎兮《詩》:"月出皎(潔白明亮)兮。"(《陳風‧月出》)既明。《詩》:"昏以爲期,明星煌煌(明亮輝耀貌)。"(《陳風‧東門之楊》)駕龍輈(神話傳說中的龍車,爲日所乘。輈,車轅,代指車)兮《考工記‧輈人》:以車輪比地。舟與州同音。《詩》"乘舟"多當作"乘輈"。龍,鱗蟲之長。乘雷,震卦。載雲"雲從龍"(《易‧乾》)。旗(王逸注"以雲爲旌旗")兮委蛇(yí,綿延屈曲貌)。長太息兮《樂記》言詩長言之不足,故詠歎之。將上,鳶飛。○西鳥。心低回兮即下沈淵。顧懷。懷,服懷遠人。羌(句首語助詞)色四目(能觀察四方的眼睛),目所觸。聲四聰(能遠聞四方的聽覺),耳所聞。兮《詩》:"上天之載,無聲無臭。"(《大雅‧文王》)聲色之於化民(教化百姓),末也。娛人,騷乃樂境,(據《九歌‧湘君》廖平注,"離騷"之"騷"有逍遙之意。)非愁苦。觀者憺(安然)兮忘歸。黃帝夢游。○《論語》："樂以忘憂,不知老之將至。"(《論語·述而》)緪 gēng 瑟(張緊琴瑟上的弦線。緪,王逸謂"急張弦"。瑟,一種撥弦樂器)兮交鼓(相對擊鼓),簫(南宋洪邁《容齋續筆》云:"一本'簫'作'捕',《廣韻》訓爲擊也。")鐘兮瑤(通"搖")簴(jù,懸掛鐘磬的木架)。鳴篪(chí,同"篪"。一種竹管樂器)兮吹竽,思未來思之爲詩。靈保(又稱爲靈子,即神巫)兮賢姱(kuā,美好。王逸稱賢姱爲"賢好之巫")。夸父追日事翾(xuān,鳥飛貌)飛兮翠曾,當作"崒曾"(zú céng,形容高峻突兀。崒,疑作"崒")。展詩兮會舞,應律兮合節,(王逸注:"言乃復舒展詩曲,作爲雅頌之樂,合會六律,以應舞節。")以十二律配二十四氣、七十二候。靈之來兮以神來喻後生嗣王。蔽日。青雲衣兮白霓裳,即"緇衣羔裘"。霓與麑同音。舉長矢弧矢。(星名。簡稱弧,屬井宿。共九星,位於天狼星東南。因形似弓箭,故名。)兮《詩》:"舍矢如破。"(指放箭而射穿。語出《小雅·車攻》。)射天狼(王逸注:"天狼,星名,以喻貪殘。")。操余弧《詩》作"胡","狼跋(踐踏、踩著)其胡"(語出《豳風·狼跋》。朱熹集傳:"胡,頷下懸肉也。")。兮反東與西對,狼、弧與房、心、尾對沖。東口本爲西方,故以西爲東,以西當卯。淪降(指墜落西方),援北右。斗兮酌桂南左。漿。(王逸注:"斗,謂玉爵。言誅惡既畢,故引玉斗酌酒漿,以爵命賢能,進有德也。")撰(持)余轡(pèi,馬韁繩)兮高駝(同"馳")翔,杳冥冥(指夜色幽深陰暗。杳,深。冥,幽)兮鴻飛上。以東行。

東君乙。○東北方伯如乙。《詩》"宜君宜王"(《大雅·假樂》),君尊於王。○西皇爲主,則東乃中也。

與女(同"汝")游兮九河,《禹貢》"□[①]州"九河、九曲(指黃河。

[①] 據《尚書·禹貢》原文,□當作"兗"。

因其河道曲折,故稱),九州。**衝風**(暴風)鳶飛。**起兮**□□往來。**水橫波**。魚潛。**乘水**北,水德。**車兮**"水車"不辭(指文詞不順)。《湘夫人》:築室水中,葺以荷蓋。"乘水車"當作"築水中"。**荷蓋**,用北蓋天。(據古蓋天說,地球可分爲南北兩部分,上下皆如斗笠,地面如覆盤,北半球爲北蓋天,南半球爲南蓋天。說詳廖平、黄鎔《皇帝疆域圖表·全球曆憲圖》。)**駕兩龍兮**風泉皆以□如寒暑□□□。**驂螭**(驂,駕車時位於兩邊的馬。螭,無角之龍。螭驂,指以螭爲驂)。東蓋爲鯤。**登**由北至中爲上。**崑崙兮**中央。**四望**,即離合。**心皇極**,心君(古人以心爲一身之主,故稱心爲"心君")。**飛揚兮浩蕩**。南徙。**日將暮兮西方**。**悵忘歸**,司北陸(北方之地),招魂。**惟極**北極。**浦兮寤懷**。《詩》寤歌(指隱士覺醒時歌唱。語本《衛風·考槃》"獨寐寤歌")、懷人(指思念君子賢人。語本《周南·卷耳》"嗟我懷人")、《莊子》海若、大方。(典出《莊子·秋水》。據晉司馬彪注,海若指海神,大方即大道。)**魚鱗屋兮龍堂,紫貝闕兮朱宫**,宫室堂闕,各有所宜。水德,故以水族言之,不必定以爲飾。**靈**(指河伯)**何爲兮水中**?"宛在水中央"(《秦風·蒹葭》)。**乘白黿**(yuán,大鱉)**兮逐文魚**(鯉魚。一説有翅能飛之魚),《湘夫人》築室水中。**與女游兮河之渚,流澌**(sī,融解的冰塊)**紛兮**《詩》"北流活活(guō guō,水流聲)"(《衛風·碩人》)。**將來下**。"彪池(即滮池,水名,鄭玄謂在豐、鎬之間)北流,浸彼稻田"(《小雅·白華》),言南極流,北極流,至下二流往來,以調寒暑。**子**(指河伯)**交手兮**二泉交於黄道温帶。**東行,送美人兮南浦**。《詩》"之子于歸",遠送于南。**波滔滔兮**中央。《詩》:"毖(通"泌",泉水湧出貌)彼泉水,亦流于淇(淇水,在今河南省北部,古爲黄河支流)。"(《邶風·泉水》)**來迎**,日所迎及。**魚**河伯。**鱗鱗**(形容衆多)**兮媵**(yìng,送)**予**。《詩》:"齊子歸止,其從如雲。"(語出《齊風·敝笱》。鄭箋:"言文姜初嫁于魯桓之時,其從者之心意如雲然。")

河伯壬。○北方伯。○《莊子·秋水篇》河如王、伯,海則皇、帝。

若有人(指山鬼)兮在彼本爲人。山之阿(ē,曲隅處,山坳),山林與川澤對,一高一下,皆爲魚所居,而有陰陽之別。被衣被上服(上等服裝,禮服)。薜荔兮帶女蘿(指以女蘿爲腰帶。女蘿,松蘿科植物,多附生在松樹上,成絲狀下垂)。要服。既含睇dì兮"顧我則笑"(《邶風·終風》)。又宜笑,《詩》:"巧笑倩(倩指笑靨美好貌)兮,美目盼(盼指眼睛黑白分明貌)兮。"(《衛風·碩人》)子(指山鬼)慕予兮善窈窕。《關雎》"窈窕淑女"。以十二牧爲十二女,以配律呂。律爲窈,呂爲窕,所居皆在荒遠之地,故窈窕又有幽遠之意。乘赤豹兮從文貍(lí,毛色有花紋的貍貓。貍,同"狸"),《詩》"赤豹黃皮①"(《大雅·韓奕》)。《周禮》□與南交爲文。(參《考工記》:"青與赤謂之文。")辛金。夷車兮結桂旗。(王逸注:"結桂與辛夷以爲車旗,言其香潔也。")被石蘭兮帶杜衡,《詩》"有杕之杜"(語出《唐風·杕杜》、《唐風·有杕之杜》、《小雅·杕杜》。毛傳:"杕,特貌。杜,赤棠也。"),又"衡門之下"(語出《陳風·衡門》。毛傳:"橫木爲門,言淺陋也。")。杜與土同音,衡爲南岳,又爲七星之中(北斗第五星爲玉衡)。折(採折)芳馨兮遺wèi所思(所思念之人)。聖門知行二派,天學爲思想,與實行家不同。《尚書》與《春秋》,六合以内,共見共聞,民物製作,炎炎蒸上。六合以外,鬼神之事,目不可見,耳不可聞,惟以心通之,以精神相感召。余處幽篁(幽深的竹林)兮終不見天,上下之分。《遠游》曰下臨無地,(《遠游》:"下崢嶸而無地兮,上寥廓而無天。")《詩》曰"明明在下"(《大雅·大明》),"明"當作"冥"。《左傳》所謂黄泉,佛書所謂地獄,暗不見日。路險難兮地獄,不似天堂。獨後來。□□享鬼神,鬼神來格,先神後鬼。表(突出)獨立兮山鬼自成一局,如今獨立國,不依傍。山之上,山鬼。雲容容(雲飄動貌)兮而在下。《莊子》風斯下矣。(《莊子·逍遥遊》:"故九萬里則風斯在下矣。")大地周游圓氣之中,上有風雲,下亦有風雲。天學以在上星辰爲天,在下星辰爲地,上下無常,雖至遠之星辰,其下仍有風雲焉。杳冥冥兮《詩》"覃(延)及鬼方"。(語出

---

① 黃皮,《詩經》原文作"黄罴"。

《大雅·蕩》。朱熹集傳："鬼方,遠夷之國也。"）**羌**(語助詞)**畫晦**,以地獄言之,長此幽冥,無晝夜之分。然星辰既爲世界,則亦當有日月。日系八行星,本世界居第三,以繞日分上下,則金、水在地球之上,即可爲天,火、木、土、天王、海王在地之下,即可爲地,彼此并無分別。雖極之大千世界,實亦相同。今之所謂天地,不過立一名目以相別異,名雖異而實同。然其名既已異,若從其實言之,彼此更何所分別,固不得不就幽明、陰陽、人鬼立説,故以山鬼所居□畫□□□□□□□。**東風飄飄兮谷風**。**神靈雨**(降雨)。**留靈修**(廖平謂巫之長,説見《楚辭講義·第十課》)**兮形留**。**憺忘歸,歲**歲星。**既晏**(遲、晚)**兮衰去**□□□。**孰華予？**(洪興祖補注："日月逝矣,孰能使衰老之人復榮華乎？")**采三秀**(靈芝草的別稱。靈芝一年開花三次,故又稱三秀)**兮於山間**,三公。**石磊磊**(衆多堆積貌)**兮葛蔓蔓**(纏繞蔓延貌)。《采葛》之詩,以葛與蕭、艾并舉,以爲内外之分。葛與國同音,爲天下之本。角、亢、氐又爲鈞天之星。□□□□□□□□□□□□□□□□□□□。○"**節**(毛傳："節,高峻貌。")**彼南山**(終南山,在今陝西西安南),**維石巖巖**(毛傳："巖巖,積石貌。")"(《小雅·節南山》),山爲國,石音同室,即所謂家。積家以成國,如積石以成山。石磊磊所以成爲山之高,葛蔓蔓所以見天下之大。**怨公子兮悵忘歸**,《湘夫人》稱帝子,皇之公爲帝。《麟趾》"**振振**(王先謙謂"振奮有爲")**公子**",即高陽、高辛八才子。**君思我兮不得閒**。**山中人兮芳杜若**(王逸注"取杜若以爲芬芳"),顓頊以後絶地天通,上下隔絶,凡各星辰幽明異途,無路可通,故老死不相往來;必至天學之世,精爽不貳,乃能□□□□□□□□□□。**飲石泉兮蔭松柏**,松柏,墳墓所樹,體魄所憑依。**君思我兮然疑作**(然,肯定。疑,懷疑。然疑作,指信疑交作)。**靁**(同"雷")**填填**(雷鳴聲)**兮雨冥冥**(昏暗貌),□□□□□□□爲陰陽交感。□□□□□□□。**蝯**(同"猿")**啾啾**(jiū jiū,猿啼聲)**兮狖**(yòu,長尾猿)**夜鳴**。**風颯颯**(sà sà,風鳴聲)**兮木蕭蕭**(草木摇落聲),**思公子兮徒離憂**。

山鬼癸。○《周禮》言三才，曰天神、地示(qí，地神)、人鬼，省文則爲神鬼。《中庸》曰："如在其上，如在左右。"言上即以包下。五土例山林(據《周禮·地官司徒》，五土指山林、川澤、丘陵、墳衍、原隰)爲西方，分言之則山陽而林陰，山鬼即招魂之鬼王也。

操吳戈(兵器名。吳地所產，故稱。後泛指精良的戈戟)**兮**《檀弓》：孔子曰"執干戈以衛"。**被**(同"披")**犀甲，車錯轂**(王弼注"言戎車相迫，輪轂交錯")**兮**車已覆。**短兵接**。如巷戰。**旌蔽日兮**鬼方，故不見日。《詩》、《易》皆言鬼方，《詩》"內奰(bì，本指怒，此爲見怒之意)于中國，覃及鬼方"(《大雅·蕩》)，《既濟》、《未濟》"高宗(殷王武丁之號)伐鬼方"。《九歌》後四篇《山鬼》、《國殤》、《禮魂》、《河伯》，皆爲死鬼。《論語》"未知生，焉知死"，"未能事人，焉能事鬼"。(《論語·先進》)以陰陽晝夜而分，如東半球則爲生人，西半球則爲死鬼。若《楚詞》，則升天爲神人，降地爲死鬼。**敵若雲**，《詩》"有女如雲"(《鄭風·出其東門》)。**矢交墜兮士爭先**。不避彈雨。**陵**(侵犯)**余陣兮躐**(liè，踐踏)**余行**(háng，行伍)，敗。**左驂殪**(yì，死)**兮右刃傷**(指右驂馬被刀刃砍傷)。**霾**(通"埋")**兩輪兮縶**(zhí，絆)**四馬，援**(拿)**玉枹**(fú，鼓槌。玉枹，鼓槌的美稱。因其光滑似玉，故稱)**兮擊鳴鼓**。如郤xì克事。(洪興祖補注："《左傳》郤克傷於矢，左并轡，右援枹而鼓。"郤克，春秋時晉國中軍將。)**天時墜**(通"懟"duì，怨恨。一本作"懟")**兮威靈怒，嚴殺**(朱熹集注"猶言鏖戰痛殺也")**盡兮棄原埜**。肝腦塗地。**出不入兮往不返**，《穀梁》作"出不必入，往不必反"(《穀梁傳》僖公二十六年原文作"師出不必反，戰不必勝")，《公羊》"必"作"正"，誤。(《公羊傳》："曷爲重師？師出不正反，戰不正勝也。")**平原忽**(通"泐"wù，邈遠)**兮路超**(通"迢")**遠。帶長劍**(同"劍")**兮挾秦弓**，"衽金革"。(以兵器、甲冑爲卧席。語出《禮記·中庸》："衽金革，死而不厭，北方之強也。")**首雖離兮心不懲**(鑒戒)。"死而不厭"。○雖無國君忠孝等字，卻非《刺客傳》代人報仇匹夫之勇可比。**誠既勇兮**始一鼓作氣。**又以武**，再不衰。**終剛强兮**終不竭。**不可**

陵(欺侮)。《中庸》"北方之强"。**身雖死兮神以靈**(指神魂顯靈),靈魂學,神雖去而形留。**魂魄毅兮剛德不屈。爲鬼雄**。鬼方載鬼一車,亦爲雄長。

國殤庚。○此篇如日本武士道尚武精神。○《國殤》以見忠君愛國,爲國而死,勇于公戰,非私鬥。

成禮(祭禮完成)**兮會鼓**(鼓聲齊作),交合。**傳芭**(通"葩",花朵)**兮代舞**(交替起舞)。以侑(yòu,酬答)。**姱女倡**(通"唱")**兮容與**。女樂。**春蘭兮秋菊**,東西對。**長無絕兮終古**。"言春祠以蘭,秋祠以菊,爲芬芳長相繼承,無絶於終古之道也。"(按,此引文爲洪興祖補注内容。)

禮魂辛。○《九歌》共十一篇,《太乙》以外别爲十,亦如《周南》之十有一篇,一皇、二伯、八伯也。天有十日,故以十日記之。

雲中君甲
湘　君丙
湘夫人丁
大司命戊
太一　少司命己
　　　東　君乙
河　伯壬
山　鬼癸
國　殤庚
禮　魂辛

《楚詞》講義

廖平　撰

[題解]據《六譯先生年譜》，《楚詞講義》十課撰成於民國三年(1914)冬。此書本廖平"隨手編撰，供學校講授之用"。大旨以《楚詞》乃秦博士所作之《仙真人詩》，著録多人，故詞重意複，工拙不一，非屈子一人所作。"《楚詞》即道家之神遊形化，《莊子》所謂遊於六合以外"，爲《詩》、《易》二經師説。《楚詞講義》有民國十年(1921)四川存古書局《六譯館叢書》刻本，兹據該本校注。

《秦本紀》始皇三十六年，"使博士爲《仙真人詩》"①，即《楚詞》也。《楚詞》即《九章》、《遠游》、《卜居》、《漁父》、《大招》諸篇，著録多人，故詞重意複，工拙不一，知非屈子一人所作。當日始皇有博士七十人，命題之後，各有呈撰，年湮歲遠，遺佚姓氏。及史公立傳，後人附會改挩(同"脱")，多不可通，又僅綴拾《漁父》、《懷沙》二篇，而《遠游》、《卜居》、《大招》悉未登述，可知《遠游》、《卜居》、《大招》諸什非屈子一人撰，而《漁父》、《懷沙》因緣蹈誤，不過託之屈子一人而已。著書諱名，文人恆事，使爲屈子

---

① 此引文本出自《史記·秦始皇本紀》。

一人擬撰，自當整齊故事，掃滌陳言，不至旨意緟(同"重")複，詞語參差若此。《橘頌》章云"受命詔以昭(明)詩"①，即序始皇使"爲《仙真人詩》"之意。故《楚詞》本天學，爲《詩》、《易》二經師説。京氏②《周易章句》於乾坤八卦各言游神歸魂，即周游六虛(上下四方)是也。不但《卜居》、《漁父》二篇解咸、恆二卦(詳《楚辭講義》第一課)，周游即《周南》，周，遍也；《召魂》即《召南》，召，招也。如"魂兮歸來"(《召魂》)即"之子于歸"，"于"與"云"篆相近，"于"即"云"，"云"即古"魂"字；《韓詩》以"聊樂我云"，"云"字作"魂"；《遠游》篇"僕夫(駕馭車馬之人)懷予心悲兮，邊馬(車駕兩側的馬)顧而不行"，即《詩》"我僕痡(pū，疲困)矣"(《周南·卷耳》)。

---

① 此引文當出自《楚辭·九章·惜往日》，非《楚辭·九章·橘頌》。
② 京氏指京房(前77–前37)，字君明，西漢東郡頓丘(在今河南浚縣一帶)人。從焦延壽學《易》，長於占候。元帝時立爲博士，後官至魏郡太守。京氏《易》著頗豐，但多已亡佚，今存《京氏易傳》三卷，另有《周易章句》等輯佚本。

第一課
卜居　漁父

舊説以《楚詞》爲屈原作，予則以爲秦博士作，文見《始皇本紀》三十六年。《楚詞》爲詞章之祖，漢人惡秦，因託之屈子。《屈原列傳》多駁(通"駁"，錯雜)，文不可通，後人刪補，非原文。

考洪氏《補註》，數十篇並無屈子作明文，惟《卜居》、《漁父》二篇中有屈子名姓，故曰後人遂以爲屈子作《楚詞》。

楚之分野占鶉火，與周同。《詩》二《南》之"楚"與《楚詞》之"楚"，皆指赤道熱帶而言，非春秋戰國中國一隅之楚。

辭賦之學出於《詩》學，皆天學神鬼事，與人學之史事一實一虛。故漢以後賦詩有全指天學言者，爲《楚辭》之嫡派；有人事雜舉者，爲別派。可即兩漢魏晉人作分別之。

《楚詞》即道家之神遊形化，《莊子》所謂遊於六合以外，故《楚詞》全與道家同宗旨。典故全用《山海經》，以《山海經》即古鬼神學，太宗(官名。即《周禮》春官宗伯，掌邦國祭祀、典禮等事)、太祝(官名。春官宗伯之屬有太祝，掌祭祀祈禱之事)之專書，所說皆天上星辰，不在本世界。或乃以《楚詞》爲憂愁憤懣之詞，至爲不通。如《遠游》篇之與司馬《大人賦》如出一手，大同小異，何遽（通"詎"jù，豈。何遽，如何）仙凡苦樂之霄壤乎？

卜居　天道變化 { 《易》之咸、恆。
時言，時笑，時取。
上下無常，剛柔相易，不爲典要。
如風中幡。

漁父　地道安定 { 爲《易》之貞、恆。
《論語》：不言，不笑，不取。①
守死善道，一定不移。
如恆星，如泰山。

秦博士借屈子之名，以明《易》咸、或之義，文非屈子作。凡古人文中，人名皆屬寓言，且二義相反，如水火，如冰炭，一人行事，不能如此相反。

《易》少父母八卦泰、否、損、益、既濟、未濟、咸、恆，上六卦其義皆反，惟咸、恆二卦無反義。鄭注本一作"或"，二字形近而誤，據《表記》當作"或"，乃與"恆"對。②

學生上課用工貴有恆。

聖神天道，隨時變化，則貴或不貴恆。

《表記》："不恆其德，句。或解"不恆其德"。承之羞。""人而無恆，不可爲之卜筮。"《論語》誤作"巫醫"。"鬼神且不

---

① 《論語·憲問》原文云："子問公叔文子於公明賈曰：'信乎，夫子不言，不笑，不取乎？'公明賈對曰：'以告者過也。夫子時然後言，人不厭其言；樂然後笑，人不厭其笑；義然後取，人不厭其取。'子曰：'其然，豈其然乎？'"

② 《易·恆》："不恆其德，或承之休。"此句又見於《禮記·緇衣》篇，非《表記》。

能知,而況於人乎!"①

《卜居》"龜策(龜甲和蓍草,古代占卜之具)誠不能知此事",即《表記》"鬼神且不能知"。

"恆其德,句(斷句。下同)。貞。"(《易·恆》)以"貞"解"恆"。

"不恆其德,句。或。"(《易·恆》)以"或"解"不恆"。

"或繫②之,句。立心毋恆。"(《易·益》)解"或"字。

"或鼓或罷,或泣或歌"(《易·中孚》),"或出或處,或語或默"(《易·繫辭上》)。

"或從王事"(《易·坤》,又見《易·訟》),"或躍在淵"(《易·乾》)。

《老子》八"或"字連文。

《北山》(《小雅》篇名)詩十二"或"字連文。

《莊子》之廿餘"能"字亦同。如能柔能剛、能短能長之數。

---

① 三句引文均出自《禮記·緇衣》,非《表記》。又,據《緇衣》原文,"鬼神"作"龜筮"。
② 據《易·益》原文,"繫"當爲"擊"之形訛。

第二課
大招　招魂

或以爲屈子作,或以爲宋玉作,皆誤。此爲道家神游説,與屈子全無關係。

上帝命巫陽(古代傳説中的女巫。王逸注:"女曰巫,陽其名也。")曰"有人在下"(《招魂》)云云。乃上帝招人上天,與宋玉招屈子説大反。

巫陽辭謝,推之掌夢(主管占夢的官員)。

"乃下招曰"。

是掌夢招之,非巫陽也。

《周禮》掌夢之職,文與《列子》同。《詩》爲夢境神游,《易》爲覺後形游。○《易》"游魂爲變"(《繫辭上》),《易》"精氣爲物"(《繫辭上》)。

夢即神游。八徵(八種跡象、形態)爲人間事,六候(六種占夢之法)爲天堂事。

《列子·周穆王篇》:覺學仙爲夢,證果爲覺,覺更高於夢。有八徵,一曰故(故事,舊有事物),二曰爲,"故"當與"爲"義反:"故"爲恆下;"爲",造作變化。三曰得,四曰喪,以財、位言之。五曰哀,六曰樂,六情上樂作哀①。七曰生,八曰死。性命。○凡《詩》中所言八字皆人事。

---

① 據文意,"作哀"疑作"下哀"。

夢有六候，由人企天。○凡《詩》中用此六位者，皆爲夢説，天學。一曰正夢，二曰噩夢，當爲"變"，"變"與"故"、"爲"義同。三曰思夢，四曰寤夢（醒時有所見而成之夢），五曰喜夢，六曰懼夢，二字六情。○八徵配八方，六夢如六宗，即《楚詞》之上下四旁。

東	正夢	北寤	夢
南	思夢	上天	喜夢
西	噩夢	下地	懼夢

所有怪物皆出《山海經》。

凡夢中所見，皆不在本地球。

所有神怪如地獄之變象。

"故居"（《遠游》："重曰：春秋忽其不淹兮，奚久留此故居？"《招魂》："魂兮歸來！反故居些。"）即天堂。由天上降生人間，覺爲妄，夢爲實，故以死爲歸。舊説以爲楚國者，大誤。

天宮"之子于歸，宜其室家。"　　天衣無縫珠衣等説。
　　（《周南・桃夭》）

天女《法苑珠林》引天事詳矣。　　天樂"之子歸"，"其嘯也歌"。
　　　　　　　　　　　　　　　　　　（《召南・江有汜》）

天厨酒食。　　　　　　　　　　天褎戲"之子于歸，百兩（百輛車）迓（yà，迎接）之"
　　　　　　　　　　　　　　　　　　（《召南・鵲巢》）。

"與王趨夢兮，課（考察）後先。"（《招魂》）雲夢，即乘雲夢游。

《招魂》一博士作，《大招》又一博士作。

《招魂》詳於始招，《大招》詳於歸宿，互文見義。

江南即《召南》之"南"，《山海經》以南爲中。

"招招舟子"即招魂。《莊子》稱二《南》爲蜩、周。鷽鳩、鳩，二蟲即二公。《詩》樛木、喬木。調調（動搖貌）。亦與周、召同音。

第三課

九歌 文見《尚書》。(《尚書·大禹謨》："九功惟叙,九叙惟歌。戒之用休,董之用威,勸之以《九歌》,俾勿壞。")啟《九歌》與《九辯》(即《九辯》),乃古書,非新作。

《九歌》十一篇圖		
山鬼辛	河伯壬	國殤癸
東君庚	父大司命戊 祖西皇太一 母少司命己	雲中君甲
湘夫人丁	湘君丙	禮魂乙
東皇作西皇。西皇,文見《離騷》。即少昊,孔子之祖,以鳥名官,以西爲京。東君反在西,雲中君反在東。 三君一伯,即四正四岳;四篇爲四隅四伯,共爲八伯。大司命、少司命爲二伯,爲父母;爲祖,祖爲鳳皇,《詩》亦曰黃鳥,又曰"先祖是皇"。鳳皇即西皇,不加"几"。大司命雎鳩,少司命鳲鳩,八伯爲八才子,即九扈①。		

---

① 九扈,相傳爲少皞時主管農事的官名。《爾雅·釋鳥》"扈"作"鳸"。九扈本爲農桑候鳥,借以作農事官名。《左傳》昭公十七年:"九扈爲九農正。"孔疏引賈逵云:"春扈鳻鶞,相五土之宜,趣民耕種者也。夏扈竊玄,趣民耘苗者也。秋扈竊藍,趣民收斂者也。冬扈竊黃,趣民蓋藏者也。棘扈竊丹,爲果驅鳥者也。行扈唶唶,晝爲民驅鳥者也。宵扈嘖嘖,夜爲農驅獸者也。桑扈竊脂,爲蠶驅雀者也。老扈鷃鷃,趣民收麥令不得晏起者也。"

老	竊玄	晝
竊脂	桑扈	竊藍
宵	竊丹	行

桑扈居中。上玄下黃,藍、脂、玄、丹,皆爲色。四方各以色見。竊,淺也。文見《爾雅》。① 或以竊脂爲食肉,大誤。

《始皇本紀》曰"湘君何神也"云云,又云山鬼衹能知一年事。

太乙、東君、雲中、河伯,皆見《封禪書》(《史記》篇名),秦祀典有之。

雲中君即黃帝,以雲名官,指地中而言。文有冀州,(《九歌·雲中君》:"覽冀州兮有餘,橫四海兮焉窮。")《地形訓》大九州,中曰冀州。

東家之西即西家之東,無定向,故東君與雲中皆爲易位。

```
                    ┌睢父○《周南》"南有樛木"。周、樛同音。┌公子
                    │                              │公子
黃鳥鳳皇。          │                              │公姓
○灌木,梧桐。       │                              └公族
                    │                              ┌公子之子
                    └鳲母○《召南》"南有喬木"。召、喬同音。└公孫之子
```

---

① 《爾雅·釋鳥》云:"春鳸,鳻鶞。夏鳸,竊玄。秋鳸,竊藍。冬鳸,竊黃。桑鳸,竊脂。棘鳸,竊丹。行鳸,唶唶。宵鳸,嘖嘖。"宋邢昺謂此八鳸并上"鳸,鴳"爲九鳸。

《春秋》十一國圖				《尚書》十一國圖		
鄭	衛	齊		和伯	和叔	和季
秦	周（楚 晉）	魯		和仲	和公皇公 羲公	羲仲
蔡	陳	吳		羲季	羲叔	羲伯

"歸寧(指回娘家省親問安)父母"(《周南·葛覃》)。

《覲禮》曰:"歸視爾師(民衆),寧乃邦。"①

《文侯之命》曰:"歸寧乃邦。"非女子專名詞。

《韓詩》讀"云"爲魂,"云何吁矣","云"即"魂"字。亏篆與亐相似,"之子云歸"即"魂兮歸來",爲《招魂》所本。

---

① 此引文當出自《書·文侯之命》,而下文"歸寧乃邦"則出自《儀禮·覲禮》。

第四課

大言賦[1]《中庸》"語大,天下莫能載焉",(鄭玄注:"語猶説也。所説大事,謂先王之道也。")博士以此賦解之。

楚襄王(即楚頃襄王,戰國時楚國國君。前298-前263年在位。熊氏,名横)與唐勒、景差、宋玉游於陽雲之臺(雲夢澤中高唐臺,典出宋玉《高唐賦》)。王曰:"能爲寡人大言者上坐。"王因唏(xī。宋章樵注:"唏,叱咤聲也。")曰:"操是太阿(古寶劍名。《文選·李斯〈上書秦始皇〉》:'垂明月之珠,服太阿之劍。'李善注:'《越絶書》曰:楚王召歐冶子、干將作鐵劍二枚,二曰太阿。')剝一作"戮"。一世,流血沖天,車不可以厲(靠近)。"至唐勒曰:"壯士憤兮絶天維(繫天之繩),北斗戾(通"捩"liè,扭轉)兮泰山夷(削平)。"至景差曰:"校jiào士(鬥士)猛毅皋陶唏,(章樵注:"《周禮·冬官·韗人》:'韗人爲皋陶。'鄭司農注:'皋陶,鼓木也。'言勇壯之氣能使鼓木之聲亦振厲。")大笑至兮摧覆思(又作"罘罳"fú sī,指設在門外或城角上的網狀建築,用以守望)。鋸牙(鋸齒狀的牙旗)雲[2]唏(通"睎"xī,遠望)甚大,吐舌萬里唾一世。"至宋玉曰:"方地爲輿,圓天爲蓋,長劍耿

---

[1] 按,《大言賦》及下文之《小言賦》,一般認爲作者係宋玉,全文載《渚宫舊事》(唐余知古撰)、《古文苑》(撰者佚名)等古籍。

[2] 據《渚宫舊事》引文,"雲"前脱"裾"字。裾 jū 雲,狀如衣襟的雲片。

介(明亮高大貌)倚天外。"王曰:"未也。"玉曰:"幷吞四夷,渴①飲枯河海,跋越九州,無所容止。身大四塞(四處填塞),愁不可長。據地盼天,迫不得仰。"

小言賦

《中庸》"語小,天下莫能破焉",(鄭玄注:"所説小事,謂若愚、不肖夫婦之知行也。")博士以此賦解之。

楚襄王既登陽雲之臺,令諸大夫景差、唐勒、宋玉等並造《大言賦》,賦畢而宋玉受賞。王曰:"此賦之迂誕則極巨偉矣,抑未備也。且一陰一陽,道之所貴;小往大來(泰卦的卦辭,謂事物由弱小轉化爲强大),剝復(《易》二卦名。坤下艮上爲剝,表示陰盛陽衰;震下坤上爲復,表示陰極而陽復。剝復連用,意謂盛衰、消長)之類也。是故卑高相配而天地位(謂得其正位),三光並照則大小備。能高而不能下,非兼通也;能粗而不能細,非妙工也。然則上坐者未足明賞,賢人有能爲《小言賦》者,賜之雲夢之田。"景差曰:"載(乘坐)氛埃(雲氣中的塵埃)兮乘飄(通"飄")塵,體輕蚊翼,形微蚤鱗。聿遑(又作"聿皇",迅疾輕快貌)浮踊(騰躍),凌雲縱身。經由鍼孔,出入羅巾。飄眇翩緜(句謂輕飄疾飛),乍見乍泯。"唐勒曰:"析(剖開)飛糠以爲輿,剖粃 bǐ 糟(粃子和米糠。粃,同"秕")以爲舟。泛然(漂浮貌)投乎杯水中,淡(通"澹",水波起伏貌)若巨海之洪流。馮(同"憑")蚋眥(ruì zì,蚊蟲的眼眶)以顧盼,坿蠛蠓(miè měng,昆蟲名。體微細,頭有絮毛。將下雨時,會群飛塞路)而遠游。寧隱微以無準(没有目標),原②存亡而不憂。"又曰:"館(寓居)於蠅鬚,

---

① 據《渚宫舊事》、《古文苑》引文,"渴"字衍。
② 原,《渚宫舊事》引文作"㴠",於義爲長。

宴於毫端。烹蝨脛(shī jīng,蝨子的小腿),切蟣(jǐ,蝨子的幼蟲)肝。會九族而同噴(jī,品嘗),猶委餘(剩餘)而不殫。"宋玉曰:"無内之中,微物潛生,比之無象,言之無名。蒙蒙(模糊不清貌)滅景(同"影"),昧昧(昏暗貌)遺形(没有形狀)。超於太虚之域,出於未兆之庭;纖於毳毛cuì末(鳥獸細毛的尖端)之微蔑(微細),陋(狹小)於茸毛之方生。視之則眇眇(微小貌),望之則冥冥(昏暗貌)。離朱(人名。即離婁,古之明目者。傳説能視於百步之外,見秋毫之末)爲之歎悶,神明不能察其情。二子之言,磊磊(亂石堆積貌,此形容大而醒目)皆不小,何①此之爲精(精微)?"王曰:"善。"賜以雲夢之田。

二賦頗似《柏梁》(即《柏梁詩》,相傳爲漢武帝詔群臣於柏梁臺上聯句賦成的七言詩),爲聯句之祖。

洪稚存②《卷施閣文集》有擬此二賦之文。

《四變記》(即《四益館經學四變記》,廖平著):三變言大小(指大統、小統之説)。漢師分今古學,今以大小易之。

人學分大小。《春秋》小,《尚書》大。

天學分大小。《詩》小,《易》大。

《易》小過、大過、小畜、大畜、夬、小壯。大壯,小往大來,大往小來,大有、同人,合稱大同。

《詩》小共大共、小球大球、小國大國、小雅大雅,小大稽古(指稽考古事),小大盡喪。

凡言小大者,皆先小後大,由小推大,《鄒衍傳》

---

① 據《渚宫舊事》、《古文苑》引文,"何"後脱"如"。
② 洪稚存即洪亮吉(1746—1809),字君直,又字稚存,號北江,清代江蘇陽湖縣(治今江蘇常州)人。通經史、音韻、訓詁及地理之學。著有《春秋左傳詁》、《公羊穀梁古義》、《卷施閣詩文集》、《更生齋詩文集》等。

所謂驗小推大也。(《史記·孟子荀卿列傳》附《鄒衍傳》云："其語閎大不經，必先驗小物，推而大之，至於無垠。")

《列子·湯問》篇：湯問夏革曰："物有小大乎？"夏革，即《詩》之"不長夏以革"。(語出《大雅·皇矣》。廖平《知聖續篇》："《詩》云：'不長夏以革。''不'讀爲'丕'；'長'謂'幅隕既長'；'夏以革'，變禹州爲大州也。")《莊子》作"棘"。

此二賦出於《列子》此條。

《莊子·秋水》篇河伯專言大小，亦此二賦之所出。

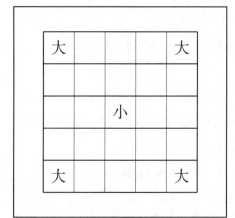

六合以外，
又分大小，
驗小推大。

史公譏鄒衍洪①大不經。由内以推外，由小以推大，《孟子》無極無盡。如佛經嚴華世界，全與《列》、《莊》同，即《詩》、《易》、鄒衍之所推。

《詩》思思爲"志"，古字通。無邪。讀作"涯"，《莊子》"生也有涯，知也無涯"(《莊子·養生主》)。

瑯琊從牙得聲，與此同。

---

① 洪，《史記·孟子荀卿列傳》原文作"閎"，義同。

車之邊爲牙圍。

"思無疆",

"思無期",　　三字皆言疆域,非邪正之義。

"思無斁①"。(三句引文皆出自《魯頌·駉》。)

《春秋》三千里,　有涯。

《尚書》三萬里,　有涯。

《詩》游神六合以外,爲無涯。

西人遠鏡(望遠鏡)爲大言,顯微(顯微鏡)爲小言。

《中庸》:"語大,大言。天下莫能載;語小,小言。天下莫能破。"

"小德川流,大德敦化(指仁愛敦厚,化生萬物),此天地之所以爲大也。"

---

① 斁,《詩經》原文作"斁"。繹,終止,窮盡。斁 yì,義同繹。《説文·攴部》:"斁,猒也。一曰終也。"

第五課
彭咸解

《離騷》:"託①彭咸之所居。"居與"行"對。《山經》十巫居靈山,若投水,何得爲居?何得與三、五對言?

"雖不同於今之人兮,願依彭咸之遺則。"即從靈山上天下地。

《抽思》:"望三五以爲像兮,皇、帝、人學。指彭咸以爲儀。"二巫即天學。

《悲回風》:"夫何彭咸之造思兮,暨志介而不忘","孰能思而不隱兮,昭彭咸之所聞","淩大波而流風兮,乘風而行。託彭咸之所居"。靈山,十巫所居。

王注:"彭咸,蓋殷賢大夫。"又曰:屈子"從古賢俊,以自沈没也"。彭咸爲殷大夫,投水死。肊(同"臆")造典故,全無依據。

洪興祖《補註》同。後説,補於此。

《山海經》曰:"又開明東有巫彭、巫抵、巫陽、《招魂》有。巫履、巫凡、巫相。"上十巫,此六巫,合爲十六巫。注:"皆神

---

① 託,《離騷》原文作"從"。託,依從。

巫①也。"皆星辰,非人。

又,"大荒之中,有山名曰豐沮②玉門,日月所入。有靈山,巫咸、《楚詞》有。巫即、巫盼、巫彭、《楚詞》有。巫姑、巫真、巫禮、巫抵、巫謝、巫羅十巫從此升降,百藥爰在。"注:"羣巫上下此山,采藥往來也。"

《楚詞》全用《山海經》典故,彭咸當即巫彭、巫咸。開明東巫彭爲首,靈山巫咸爲首,共十六人。此舉其居首二人言之。神人上天下地,非投水而死之殷大夫也。

《漁父》:吾寧死而"葬於江魚之腹中"。後人據此以爲投水而死,稍知文義者,必悟其非。○此不過言守恆至死不變,不必爲屈子實事,況投水之事乎!

《悲回風》:"悲申徒之抗迹。"

此屈子投水之所本。

靈氛 卜卜筮爲《洪範》天學,鬼謀、神告。《左》、《國》中所言巫卜似之,非今市上賣卜先生也。卿士從,庶民從,則爲上下議院人謀之事。

巫咸 筮

靈氛即巫彭。居開明東,爲六巫之首。靈山十巫,第四亦爲巫彭。靈、巫古字通,彭、氛音近。否則靈氛即靈山第三之巫盼。

巫彭作卜,

巫咸作醫。

二語連文,出《呂氏春秋》。(《呂氏春秋·審分覽》原文作:"巫彭作醫,巫咸作筮。")天神所作,在別世界,以我翻之,爲卜

---

① 神巫,《山海經·海内西經》郭璞原注作"神醫"。今人袁珂云:"郭注'皆神醫',毋寧謂爲'皆神巫'之爲愈也。古醫字作毉,從巫,是原本巫職而兼醫職也。"説見袁珂《山海經全譯》,貴州人民出版社1991年版。
② 據《山海經·大荒西經》原文,"沮"當爲"沮"之形訛。

爲醫，其實不必同。如《易》伏羲所畫之卦、河圖、洛書與四靈物，皆爲神物，地球中初未發見，亦如《左》、《國》之神靈，舊説以爲已見者，誤也。

第六課
九　章

　　較《九歌》、《九辨》，文最繁多，故不得不分爲九人所作。《離騷》疑亦數人所作，合爲一篇，故其文義重複。自來說者，皆不能貫通之。

《惜誦》　　亂曰

《涉江》　　亂曰

《哀郢》　　亂曰

《抽思》　　亂曰

《懷沙》　　亂曰

《惜往日》

《思美人》

《橘頌》

《悲回風》　　曰

　　《楚詞》之最不可解者，莫過於詞意重犯。一意演爲數十篇，自來說者，皆不能解此大惑。今定爲秦始使博士作，如學校中國文，一題而繳數十卷，以其同題，詞意自不免于重犯。如《九章》乃九人各作一篇，故篇末有"亂曰"者與"曰"者，尚有六篇可攷。

《九章》文最冗長，以其非一人之作，彙集九篇，而加以"九章"之名。舊以爲屈原、宋玉所作者，誤也。

《懷沙》一篇，《屈子傳》曾單提之，必此篇別有單行本也。

《文選·登徒子好色賦》題宋玉作，最爲可怪。篇中登徒與宋玉對説，以後秦章華大夫(《文選》李善注："章華，楚地名。大夫，楚人，入仕於秦，時使襄王。一云食邑章華，因以爲號。")乃駁二家，並斥宋玉所稱爲南夷邊鄙之人，何足稱道。是此篇宜以秦章華大夫爲主，宋玉已遭鄙夷，何反主之？試問此事如何解？

王晉卿①先生《離騷解》(疑即《離騷注》)：凡各篇中同者，皆引埘於正文之下，共有若干世俗字、黨人字(疑爲東漢末諸博士行賄蘭台官員後所改經書文字。見《後漢書·儒林列傳》："黨人即誅，其高名善士多坐流廢，後遂至忿争，更相言告，亦有私行金貨，定蘭台漆書經字，以合其私文。")。

"匪鶉匪鳶，翰飛戾天；匪鱣匪鮪，潛逃于淵。"《莊子》解之曰："夢爲鳥而戾天，夢爲魚而潛淵。"

上征下浮 凡《詩》、《易》等書，上、下皆指天、地言。不 鳥飛不下來也。(《説文·不部》："不，鳥飛上翔不下來也。") 至 (《説文·至部》："至，鳥飛從高下至地也。") "魴魚赬尾，王室如燬"。○二句音同，"魴魚赬尾"即"王室如燬"也。○解"至"作鳥，不如作魚，與"不"相對爲鳶矣。

---

① 王晉卿即王樹枏(1852-1936)，字晉卿，號陶廬，直隸新城縣(治今河北高碑店東南新城鎮)人。官至新疆布政使。著作有《尚書商誼》、《廣雅補疏》、《離騷注》、《陶廬文集》等三十餘種，收在《陶廬叢刻》中。

第七課
離　騷

"帝高陽之苗裔兮。"

《楚世家》首此句,故人以爲楚事;《秦世家①》亦首此句,今故改爲秦事。其實皆非本義。

高陽顓頊爲人帝,由人企天從此始。《五帝德》初問黃帝有"人耶非人耶"之説,即天人之分。

《尚書》:顓頊以後,絶地天通。(謂斷絶地民和天神的感通。《書·吕刑》:"乃命重、黎,絶地天通,罔有降格。")以下所引,皆二句師説。

《楚語》:顓頊以前,人能登天乎?(《國語·楚語》:"昭王問於觀射父,曰:'《周書》所謂重、黎實使天地不通者,何也?若無然,民將能登天乎?'")

《左傳》:顓頊以後,德不及遠,乃爲民師而民名。(《左傳》昭公十七年:"自顓頊以來,不能紀遠,乃紀於近。爲民師而命以民事,則不能故也。"杜注:"顓頊氏,代少皥者,德不能致遠瑞,而以民事命官。")

《列子》:顓頊與共工戰,天柱絶,地維滅。(《列子·

---

① 據《史記》原文,"秦世家"當作"秦本紀"。

湯問》:"其後共工氏與顓頊爭爲帝,怒而觸不周之山,折天柱,絕地維。")此爲《尚書·呂刑》師説,非怪論,乃天人境界之所以分。

《淮南》同。(淮南子·天文訓:"昔者共工與顓頊爭爲帝,怒而觸不周之山,天柱折,地維絕。")

《大戴禮》五帝德

帝顓頊
帝舜　帝禹　帝堯
帝嚳

五天帝以天物名官

共工
黑帝水
少皞　黄帝　太皞
白帝鳥　雲　青帝龍
炎帝
赤帝火

董子説:
天帝　"帝"字在下。
人帝　"帝"字在上。
(説詳《春秋繁露·三代改制質文》)

太史公《五帝本紀》:
天帝五,獨黄帝以示例。人帝五,去一禹,合天人仍爲五帝,而有天人之分。俗以此説五帝者太誤。

天帝爲真人,爲至人。

《列子》化人,化人即真人,真字從化。

欲由人而企天,必先具至人之資格,故從高陽爲上天之基礎。

如欲學《詩》,必先明《尚書》,欲通《尚書》,先明《春秋》,一定之程度也。

第八課
釋《楚詞》真字

艾南英①曰:"五經無'真'字,《中庸》"化"即"真",《列子》作"化人"。始見於老莊之書。"《老子》曰:"其中有精,其精甚真。"《莊子·則陽》篇:"敢問何謂真? 真者,精誠之至也。"②即《中庸》所謂至誠。《大宗師》篇曰:"而(你)已反其真,而我猶爲人猗(yī,語助詞)!"《列子》曰:"精神離形,各歸其真,故謂之鬼。鬼,歸也,"歸"字解。歸其真宅。"(《列子·天瑞》)《漢書·楊王孫傳》曰:"死者,終身之化,而物之歸者也。歸者得至,化者得變,是物各反其真也。"《說文》曰:"真,仙人變形登天也。"徐氏《繫傳》③曰:"真者,仙也,化也。《列子》之"化人"即真人,《中庸》至誠變化,(《中庸》:"唯天下至誠爲能化。")《易》言化尤詳。經中無"真"字,化人即真人矣。从匕,匕即化也。反人爲匕,从目从匕,八其所乘也。"以生爲寄,以死

---

① 艾南英(1583-1646),字千子,號天傭子,臨川東鄉縣(治今江西東鄉縣南)人。官至御史,明末散文家、文學評論家。著有《天傭子集》、《艾千子先生全稿》、《禹貢圖注》等。
② 此引文當出自《莊子·漁父》,非《則陽》篇。
③ 徐氏《繫傳》,指五代南唐徐鍇《說文繫傳》,是一部研究《說文解字》的著作。全書共四十卷,分通釋、部叙、通論、祛妄、類聚、錯綜、疑義、系述八篇。

爲歸,於是有真人、真君、真宰之名。秦始皇曰:"吾慕真人,自稱'真人',不稱'朕'。"(《史記·秦始皇本紀》)關東反後,二世乃稱朕,不敢稱真人。

魏太武(拓跋燾,北魏皇帝)改元太平真君(440-451,年號名),而唐玄宗詔以四子老子、列子、莊子、尹文子。之書謂之"真經",皆本乎此也。後世相傳,乃遂以"假"爲對。此後起之義。李斯《上秦王書》曰:"夫擊甕叩缶,彈箏搏髀(拍擊其股),而歌呼嗚嗚快耳目者,真秦之音也。"(《史記·李斯列傳》)韓信請爲假王,高祖曰:"大丈夫定諸侯,即爲真王耳,何以假爲?"(《史記·淮陰侯列傳》)又更東垣曰真定(今河北正定)。(《史記·韓信盧綰列傳》)竇融①《上光武書》:"豈可背真舊之主,事姦僞之人?"(《後漢書·竇融列傳》)而與老莊之言"真",亦微異其旨矣。以上真偽之"真"。宋諱"玄",以"真"代之,故廟號曰真宗,玄武七宿改爲"真武",玄冥改爲"真冥",玄枵(xiāo。玄枵,十二星次之一。與二十八宿相配爲女、虛、危三宿,與十二辰相配爲子)改爲"真枵"。《崇文總目》②謂《太玄經》爲《太真》,猶未離其本也。以上"真"代"玄"。隆慶明。二年(1568)會試,爲主考者厭五經而喜《老》、《莊》,黜舊聞而崇新學,首題《論語》"子曰由誨女知之乎"一節,其程文有云:"聖人教賢者以真知,在不昧其心而已",《莊子·大宗師》篇曰:"且有真人,而後有真知。"《列子·仲尼》篇:"無樂無知,是真樂真知。"

---

① 竇融(前16-62),字周公,東漢扶風平陵(在今陝西咸陽西北)人。累世爲河西官宦。更始時,據守河西,稱五郡大將軍。後歸順光武,官至大司空,封安豐侯,卒諡戴侯。

② 《崇文總目》,官修書目名。宋仁宗時以昭文、史館、集賢、祕閣四館藏書,詔王堯臣等校正條目,分類編次,凡六十六卷,賜名崇文總目。原本已佚失,今存《四庫全書》及錢東垣等輯釋本。

始明以《莊子》之言入之文字。自此五十年中，舉業所用，無非釋老，彗星掃北斗、文昌，而御河之水變爲赤血矣。崇禎時始申舊日之禁，而士大夫皆幼讀時文，習染已久，不經之字，搖筆輒來。正如康崑崙（唐德宗時宮廷樂工，號稱"琵琶第一手"）所受鄰舍女巫之邪聲，非十年不近樂器，未可得而絶也。（事見唐段安節《樂府雜錄》"琵琶"條）雖然，以周元公①道學之宗，而其爲書，猶有所謂"無極之真"者，吾又何責乎今之人哉？

　　艾氏宋學家，最不喜《老》、《莊》，故惡"真"字入《四書》文而發此議。講《楚詞》者正與相反，認定"真"字，則全書皆有統宗矣。

　　真人與至人相連。《楚詞》中共有若干"真"字。

　　賈子《容經》有真人、至人。

　　《列子》魯哀公稱孔子爲至人。

　　《楚詞》"真"字、"歸"字皆可由此得真諦，以此讀之，餘皆迎刃而解矣。

---

① 周元公，即周敦頤（1017-1073），字茂樹，號濂溪，道州營道縣（治今湖南道州）人。諡元公，世稱濂溪先生。北宋著名理學家。著有《太極圖說》、《通書》等，後人編爲《周子全書》。

第九課
天　問

　　《天問》一篇，本言天上人物史事，如佛經之華嚴世界；所用典故全出《山經》、《淮南》，以二書皆詳天學也。後人不得其解，乃謂楚之廟壁畫有神怪諸圖，《天問》乃據壁圖而作。試問畫壁圖者何處得此藍本？甚至謂《山經》仿《天問》而作，尤爲本末顛倒矣。
　　《天問》首一段與《莊子·天問①》全同。
　　《天問》首尾言天地形體運動，尤不可解；以後史事，如《荀子·成相篇》，古帝王名猶見於《山經》；至於齊桓、秦穆、管仲、甯戚之類，則真不可解矣。若以爲人事，則不應在《天問》篇中，此當以繙譯説之。善言天者，必驗於人。人有皇、帝、王、伯，天神亦有之，借人事史籍以繙天神，名同而實異。天神亦有小康大同，有賢不肖，亦有刑賞戰征。凡人事所有者，無不具見於天神。此所以以世界人物繙譯天神，爲《詩》、《易》二經之大例。

---

① 據《莊子》原文，"天問"當作"天運"。

題《天問》後 朱子

此書多不可曉處，不可強通。亦有顯然謬誤而讀者不覺，又從而妄爲之說者。如"啓棘（夢。）賓商，（天。）《九辯》、《九歌》"，王逸則訓"棘"爲"陳"，訓"賓"爲"列"，謂"商"爲五音之商，固已穿鑿，而洪興祖又以爲啓相符契（xiè，人名，傳説中商之祖先），以賓客之禮而作是樂，（洪興祖補注："《史記》：'契佐禹治水有功，封於商，興於唐、虞、大禹之際。'此言賓商者，疑謂待商以賓客之禮。棘，急也。言急於賓商也。《九辯》、《九歌》，享賓之樂也。"）尤爲迂遠。今詳此乃字與篆文相似而誤，"棘"當作"夢"，"商"當作"天"，言啓夢上賓於天（謂夏啓夢見作客於天帝之所），而得此二樂以歸耳，後人以《九歌》爲屈原作，《九辯》爲宋玉作者，其誤可知。如《列子》、《史記》所載周穆王、秦穆公、趙簡子等事耳。朱子亦以夢天解《楚辭》。若《山海經》云"夏后（此天神之夏后。）上三嬪（賓。）于天，得《九辯》、《九歌》以下"，則是當時此書別本，"賓"字亦誤作"嬪"，《尚書》"殯于虞"亦當作"賓"。故或者因以爲説。雖實怪妄，不足爲據，然"商"字猶作"天"字，則可驗矣。柳子厚（柳宗元字子厚）"貿嬪"（意即用嬪妃與天帝交易《九辯》、《九歌》。語出《柳宗元集·天對》）之云，乃爲《山海經》所誤，而或者又誤解之。三寫之訛，可勝歎哉！（本文見《晦庵先生朱文公文集》卷八十二《題屈原天問後》）

　　《列子》"夏革"篇①，《莊子》引作"夏棘"，革、棘本一字。今以棘與啓皆爲人名亦可，不必改爲"夢"字。言賓，即夢游可知。

---

① 據文意，"篇"字衍。

《山經》夏、商皆爲星辰符號,商者其別名,天者其總號,不必改"商"爲"天"亦可。

第十課
離　騷

　　此書解者無慮數十百家，無一人能通全篇文義者。

　　第一，篇中屢言神游四荒四極，上征下浮，上下求索，與《遠游》、《大人賦》同，與屈子事不相合。

　　第二，篇中文義自相重複，又與他篇意同，不過文字小異。一人之作，不能重複如此。如"朝發夕至"，篇中凡數見。

　　今故据《秦本紀》，以爲始皇博士作，皆言求仙魂游事。又，博士七十餘人各有撰述，題目則同，所以如此重犯。彙集諸博士之作成此一書，如學堂課卷，則不厭雷同。漢初人惡其出於秦，乃以有屈子名，遂歸之屈，其實不然。

　　《招魂》與《大招》同題，故二人各一篇。文義互有詳略，不能偏廢，故並存之。《史記·屈原列傳》經後人屢亂，非《史記》原文，故文多不可究詰。

　　《離騷》與《遠游》文義全同，《遠游》有條理，《騷》則雜沓不堪。當以《遠游》之例讀《騷》，則得矣。

　　《九章》各有"亂曰"，今定爲九人之作，人各一篇，故有五"亂曰"。《騷》又以《九章》推之，亦當爲多人所作，彙爲一書。中有九天、九死、九辨、九歌、九州同例。今依

《九歌》例，以爲九人所作，合爲一大篇，附二篇，如《大司命》、《少司命》，合爲十一首：

一、"帝高陽之苗裔兮"至"來吾道乎先路"。高陽人帝，離騷即離絕世俗，騷爲逍遙之合音。

二、"昔三后之純粹兮"至"傷靈脩之數化"。

三、"余既滋蘭之九畹兮"至"願依彭咸之遺則"。

四、"長太息以掩涕"至"及行迷之未遠"。真人至人，絕世離俗，故篇中屢以世俗標目。

五、"步余馬於蘭皋兮"至"豈余心之可懲"。

六、"女嬃 xū 之嬋媛兮"至"相觀民之計極"。

七、"夫孰非義而可用兮"至"結幽蘭而延佇"。

八、"世溷 hùn 濁而不分兮"至"恐導言之不固"。篇中美惡、香臭相反，指人大不同，又如《莊子》之迷國。

九、"世溷濁而嫉賢兮"至"百艸爲之不芳"。

附一 "荷瓊佩之偃蹇兮"至"周流觀乎上下"。

附二 "靈氛既告余以吉占兮"至"吾將從彭咸之所居"。

《九歌》以九名見十一篇方位圖

山鬼	河伯	禮魂
東君	少司命 東皇太一 大司命	雲中君
湘夫人	湘君	國殤
八	一	二
七	十 十一 九	三
六	五	四

靈讀作"巫",修讀作"長"。

"帝高陽之苗裔。"《秦本紀》首句、《楚世家》亦同。

正則 《周禮》地則(治理土地的法則)。或疑秦諱始皇名政,不當有"正"字,嫌名(與人姓名字音相近的字)不諱。

靈均① 《周禮》土均(古代官名。《周禮·地官·土均》:"掌平土地之政,以均地守,以均地事,以均地貢。"),又鈞(古代重量單位。三十斤爲一鈞)、尺。

游仙歸咎黨人(指結黨營私之小人),讒言用《論語》"遠佞人"、《小雅》四讒師説。

---

① 正則、靈均,典出《離騷》:"名余曰正則兮,字余曰靈均。"王逸注:"正,平也。則,法也。靈,神也。均,調也。言正平可法則者,莫過於天;養物均調者,莫神於地。"

附録

主要引用書目

詩集傳,(宋)朱熹注,中華書局二〇一一年版。
毛詩傳箋通釋,(清)馬瑞辰撰,中華書局一九八九年版。
韓詩外傳集釋,(漢)韓嬰撰,許維遹校釋,中華書局一九八〇年版。
詩三家義集疏,(清)王先謙撰,中華書局一九八七年版。
尚書大傳,(漢)伏生撰,(漢)鄭玄注,商務印書館一九三七年《叢書集成初編》本。
大戴禮記,(漢)戴德撰,(北周)盧辯注,商務印書館一九三七年《叢書集成初編》本。
春秋繁露義證,(清)蘇輿撰,中華書局一九九二年版。
十三經注疏,(清)阮元校刻,中華書局一九八〇年影印本。
緯書集成,(日本)日本安居香山、中村璋八輯,河北人民出版社一九九四年版。
史記,(漢)司馬遷撰,(宋)裴駰集解,(唐)司馬貞索隱,(唐)張守節正義,中華書局二〇一四年版。
史記會注考證附校補,(日本)瀧川資言考證,(日本)水澤利忠校補,上海古籍出版社一九八六年版。

漢書,(漢)班固撰,(唐)顏師古注,中華書局一九六二年版。
後漢書,(南朝宋)范曄撰,(唐)李賢等注,中華書局一九六五年版。
國語集解,徐元誥撰,中華書局二〇〇二年版。
太平御覽,(宋)李昉等撰,中華書局一九九五年版。
管子校注,黎翔鳳撰,中華書局二〇〇四年版。
莊子集釋,(清)郭慶藩撰,中華書局一九六一年版。
列子集釋,楊伯峻撰,中華書局一九七九年版。
荀子集解,(清)王先謙撰,中華書局一九八八年版。
呂氏春秋新校釋,(戰國)呂不韋著,陳奇猷校釋,上海古籍出版社二〇〇二年版。
淮南子集釋,何寧撰,中華書局一九九八年版。
潛夫論箋校正,(漢)王符著,(清)汪繼培箋,彭鐸校正,中華書局一九八五年版。
讀書雜志,(清)王念孫撰,中國書店一九八五年版。
渚宮舊事,(唐)余知古撰,商務印書館一九三六年《叢書集成初編》本。
山海經校注,袁珂校注,巴蜀書社一九九二年版。
黃帝內經素問校釋,山東中醫學院等校釋,人民衛生出版社二〇〇九年版。
黃帝內經太素,(隋)楊上善撰注,人民衛生出版社一九五七年版。
靈樞經校釋,河北醫學院校釋,人民衛生出版社二〇〇九年版。
黃帝內經靈樞注證發微,(明)馬蒔撰,人民衛生出版社一九九四年版。
黃帝內經靈樞集註,(清)張志聰集註,上海衛生出版社一九五七年版。
類經評注,(明)張介賓原撰,郭教禮等主編,陝西科學技術出版社一九九六年版。

鍼灸甲乙經校釋,山東中醫學院校釋,人民衛生出版社二〇〇九年版。
星經,(戰國)甘公、石申著,中華書局一九八五年《叢書集成初編》本版。
唐開元占經,(唐)瞿曇悉達撰,上海古籍出版社一九八七年《文淵閣四庫全書》本。
楚辭補注,(宋)洪興祖撰,中華書局一九八三年版。
楚辭集注,(宋)朱熹撰,上海古籍出版社二〇一一年版。
楚辭章句疏證,黃靈庚疏證,中華書局二〇〇七年版。
六臣注文選,(南朝梁)蕭統選編,(唐)李善等注,中華書局一九八七年版。
古文苑,(宋)章樵注,商務印書館一九三七年《叢書集成初編》本。
六譯館叢書,上海圖書館藏四川存古書局民國時期彙印本。
六譯先生年譜,廖宗澤編撰,《儒藏·史部·儒林年譜》第四十九冊,四川大學出版社二〇〇七年版。

圖書在版編目(CIP)數據

詩說/廖平著;潘林校注.
--上海:華東師範大學出版社,2017
(經典與解釋·廖平集)
ISBN 978-7-5675-6711-5

I. ①詩⋯ Ⅱ. ①廖⋯ ②潘⋯ Ⅲ. ①古典詩歌-詩歌評論-中國 Ⅳ. ①I207.22

中國版本圖書館 CIP 數據核字(2017)第 186046 號

華東師範大學出版社六點分社

企劃人　倪為國

本書著作權、版式和裝幀設計受世界版權公約和中華人民共和國著作權法保護

廖平集
詩說

著　　者　廖　平
校注者　潘　林
審讀編輯　陳　鑒
責任編輯　彭文曼
封面設計　吳元瑛
出版發行　華東師範大學出版社
社　　址　上海市中山北路 3663 號　　郵編　200062
網　　址　www.ecnupress.com.cn
電　　話　021-60821666　　行政傳真 021-62572105
客服電話　021-62865537　　門市(郵購)電話 021-62869887
地　　址　上海市中山北路 3663 號華東師範大學校內先鋒路口
網　　店　http://hdsdcbs.tmall.com
印 刷 者　上海景條印刷有限公司
開　　本　890×1240　1/32
插　　頁　2
印　　張　6.25
字　　數　117 千字
版　　次　2017 年 9 月第 1 版
印　　次　2017 年 9 月第 1 次
書　　號　ISBN 978-7-5675-6711-5/I.1717
定　　價　45.80 元
出 版 人　王　焰

(如發現本版圖書有印訂品質問題,請寄回本社客服中心調換或電話 021-62865537 聯繫)